최달천 수필집

인쇄 | 2022년 3월 20일
발행 | 2022년 3월 25일

글쓴이 | 최달천
펴낸이 | 장호병
펴낸곳 | 북랜드
　　　　06252 서울 강남구 강남대로 320, 황화빌딩 1108호
　　　　41965 대구시 중구 명륜로12길 64(남산동)
　　　　대표전화 (02)732-4574, (053)252-9114
　　　　팩시밀리 (02)734-4574, (053)252-9334
　　　　등록일 | 1999년 11월 11일
　　　　등록번호 | 제13-615호
　　　　홈페이지 | www.bookland.co.kr
　　　　이-메일 | bookland@hanmail.net

책임편집 | 김인옥
교　　열 | 배성숙 전은경

ISBN 979-11-92096-72-8 03810
ISBN 979-11-92096-73-5 05810 (E-book)

값 15,000원

선물

최달천 수필집

북랜드

책머리에

　수레바퀴처럼 가던 길만 걸었다. 세월 속에 내 모습이 보인다. 10년 전이 어제 같고 10년 후가 내일 같다. 이제 새로운 나를 찾아보려고 하니 세월은 봐주지 않는다.

　하늘은 높고 바다는 깊다. 봄이 가면 여름이 오고 가을이 가면 겨울이 온다. 이것이 모여 세월이 된다. 그 세월이 얼마나 빠른지를 요즘 따라 자주 느끼고 있다. 지나온 나의 세월이 많이 흘렀다는 뜻이다.

　1983년, 수필에 발을 담근 이후 지금까지 한 길을 걸어왔다. 되돌아보니 멋모르고 발표한 작품이 수도 없이 많다. 바다가 좋고 친구가 좋고 자연이 좋고 낚시가 좋고 가족이 소중한 보통 사람의 이야기가 수필이라는 옷을 빌려 입었다.

소박한 책 한 권을 꿈꾸었으나 끝내 보지 못하고 떠나간 아내와 그래서 더욱 소중한 남은 가족들, 아들과 딸들 사위와 며느리 손자 손녀. 삶의 보람이 되어 준 제자들과 끝까지 함께 걸어갈 친구들과 〈대구수필문학회〉 문우들. 소중한 순간들을 함께 해 주며 끝없는 응원으로 나를 일으켜 준 사람들. 그들이 내 삶의 선물이었듯이 이 책 또한 그들에게 작은 선물이 되면 좋겠다.

나의 수필이 세상에 나갈 수 있게 내 눈이 되어 주신 대구수필문학회 이명희 문우님과 인연의 끈을 놓지 않고 보람을 주신 손숙희 문우님, 가슴이 따뜻한 시인이자 소중한 나의 친구 황인동 시인님. 많은 분들의 격려에 힘입어 40년 만의 첫 작품집 『선물』을 세상으로 보낸다.

2022년 첫봄, 최 달 천

차례

 다도해, 바다 바다 바다

적금도의 배부룩대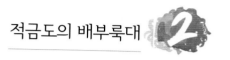

금산재 마루에 오르면

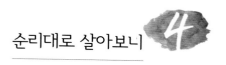

순리대로 살아보니

무꽃이 참으로 고마웠습니다

마지막 선물 6

내가 본 수필가 최달천

다도해, 바다 바다 바다

다도해를 이루는 것은 섬과 바다만이 아니다.
장구한 세월 동안 침묵에 잠겨 있던 한반도의 바다를 깨우고
거기에 생명을 나누어 준 이들이 바로 그들이다.
이 땅을 끌어안고 뜨거운 울음을 울어보지 않은 사람이면 알 길이 없다.

- 〈다도해, 바다 바다 바다〉

돝섬의 봄은 조용히 찾아와 있었다

자연인이 되면 하고 싶은 일을 마음껏 해 볼 수 있다고 생각했으나 쉬운 일이 아니었다. 용기를 내어 하루를 발길 닿는 대로 여행해 보기로 했다.

가장 먼저 가 보고 싶은 곳이 바다였다. 파도 소리가 가슴을 때리면 갈매기는 날갯짓으로 포물선을 그린다. 통통배가 부지런히 수평선을 향해 가는 모습을 보면 기분이 좋았다. 마음속 바다는 언제나 행복이었다.

가까운 곳에 있는 마산에 가 볼 생각이다. 연안 여객선 터미널이 있어 섬에도 갈 수 있다. 일반 국도로 가는 완행버스가 좋겠으나 고속도로로 간다 해도 떠나는 기분은 좋다.

손님이라고는 나를 포함하여 다섯 명밖에 없어 적자가 나지 않을지 괜한 걱정이 된다. 창밖을 스치는 시골 모습은 언제 보아도 넉넉하고 포근하다. 개나리가 노란 봄을 알린다. 한 시간을 달려 도착한 마산 시외버스 주차장은 규모도 크고 사람들이 많다. 주차장을 빠져나와 구경을 천천히 하기 위해 시내 완행버스를 타기로 했다. 연안 여객선 터미널로 가는 버스를 아무리 기다려도 오지 않는다. 어시장 가는 버스는 많은데 내가 기다리는 버스는 오지 않는다. 한참을 기다려 옆사람에게 물어보니 시청 가는 버스를 타고 시청에서 내려 약간 걸어가면 여객선 터미널에 닿을 수 있다고 한다.

어렵게 찾아 도착한 연안 여객선 터미널은 널찍한 주차장과 아담한 건물이 있어 정감이 간다. 안으로 들어가 목적지가 있는 안내판을 살펴보니 다른 섬으로 가는 여객석은 없고 돝섬 가는 배밖에 없다. 돝섬 가는 사람들을 위하여 만들어진 터미널치고 그 규모가 엄청나다.

배는 제법 현대화되어 좌석으로 되어있는 선실과 가운데가 넓고 창쪽으로 의자가 있는 선실로 구분되어 있다. 선착장 낡은 배 위에서 한가롭게 휴식을 취하고 있는 갈매기 무리들의 모습이 한가롭다.

부두를 떠나니 새롭게 다가올 경험으로 가슴이 두근거린

다. 저 멀리 웅장한 교각을 드러낸 마창대교가 한눈에 들어오고 잠시 후 돝섬 선착장에 도착하였다. 유원지로 개발되어 있는 아담한 섬이지만 사람들이 보이지 않는다. 먼저 반기는 것은 세 마리의 큼직한 황금돼지 조각상이었다. 돼지와 연관된 전설이 있어 이곳을 돝섬이라 부른다고 한다.

조각상 한쪽 정원에는 갓배추 새파란 잎이 돋아나고, 튤립 몇 포기가 빨간 꽃을 피웠다. 고목이 된 벚꽃나무들은 붉은 꽃망울을 가득 달고 금세라도 꽃을 피울 태세다. 섬 가운데에 위치한 전망대를 지키는 휴게실 아줌마는 한가롭게 봄나물을 다듬고 있다.

정강에 자리한 가고파 노래비는 이곳의 아름다움을 변함없이 알려 주고 있다. 동쪽으로 내려오니 꽃사슴 네 마리가 귀를 쫑긋 세우고 나그네를 경계한다. 바닷가로 난 오솔길을 걷다 보니 진달래가 분홍색 꽃을 활짝 피워 봄이 왔음을 조용히 알려 준다. 어릴 적에는 뒷산에 핀 진달래가 제일 먼저 봄을 알려 주었다. 갯벌에서 조개 잡는 아주머니 모습이 신기하다. 돝섬 모습을 보니 어릴 적 생각이 난다.

유원지는 사람들이 붐벼야 제격이지만 한적한 이곳이 더 좋다. 희로애락은 마음먹기에 달려 있다고 하지 않았는가. 조용함과 옛 모습을 지닌 돝섬. 무계획으로 이곳을 찾았지만 편안함과 산뜻한 행복을 주었다.

　자신의 삶을 다른 사람과 비교하지 말고 스스로 행복을 추구하는 것만이 현명한 삶임을 가르쳐 준, 얻은 것이 많았던 하루 여행이었다. (2008)

시골 같은 섬 거금도

거금도는 전라남도 고흥군 금산면에 소속된 섬이다. 금산면은 여러 개의 유인도와 무인도를 포용하고 있다. 여러 개의 섬 중에서 가장 크고 육지에서 가까운 곳이기에 면소재지가 있다.

녹동이라고 하는 도양읍 선착장에서 대형 버스 여섯 대를 실을 수 있는 크기의 화객선이 시간마다 다닌다. 소록도 옆을 지나 뱃길로 20분간 달리면 갈 수 있는 섬이다. 선착장에서 면소재지까지는 도로가 잘 포장되어 있다. 버스 창문 밖으로 펼쳐진 거금도의 모습은 섬이라 할 수 없을 정도로 평범한 육지의 농촌 풍경과 다를 바 없다.

18

북쪽 바닷가는 갯벌이 있고, 남쪽 바닷가는 갯바위가 있으며 폭포가 있고 저수지와 논과 밭이 있는 큰 섬이 거금도이다. 갯벌에서는 대나무 광주리를 들고 열심히 호미로 갯벌을 뒤적이고 있는 아낙네를 볼 수 있고 고구마 밭을 손질하고 농약 치는 모습도 볼 수 있다. 남쪽 바다에는 고기잡이배들이 흰 포말을 일으키며 숨가쁘게 달리는 모습과 문어 항아리를 건져 올려 통을 비우고 다시 항아리를 던져 넣는 문어잡이 배도 볼 수 있다. 멀리서는 멸치잡이 대형 쌍둥이 선박들이 서로 헤어져 그물을 넓게 펼치고 멸치 떼를 에워싸 잡기에 바쁘다. 시꺼먼 연기를 내뿜고 있는 멸치 가공선에서는 잡은 멸치를 받아서 삶는 사람들의 손놀림이 바쁘다. 수십 마리의 갈매기도 때를 만나 주린 배를 채운다.

산봉우리에서는 백로 한 마리가 한가롭게 어디론지 날아간다. 도로 양쪽에 심어진 동백나무의 잎은 해풍을 받아 반짝거리고 살구만 한 열매가 뜨거운 여름 햇살을 받아 빨갛게 익어간다.

기암절벽 사이에 뿌리를 내리고 목숨을 연명하며 고고하게 자리를 지키는 해송을 볼 수 있는 섬 거금도. 아이들의 피부는 검고 눈망울은 반짝이며 움직임은 재빠르다. 순박한 정이 숨어 있는 모습이다. 바다낚시보다 저수지에서 붕어 낚시하기를 더 좋아한다고 한다. 바다는 많고 저수지는 적기 때문일 것이다.

도양에서 거금도까지 어른 한 사람의 뱃삯은 500원이다. 건너가기에 안전하고 불편함이 없는 섬으로 사람들이 붐비지 않아 좋다. 인심도 좋고 물이 풍부하다. 숲도 우거져 있고 갯벌과 갯바위가 있어 동해와 서해를 볼 수 있고 기암괴석과 폭포와 저수지가 있어 설악산의 아름다움도 있다.

이곳은 프로 레슬링이 큰 인기를 끌고 있을 때 이름을 떨친 김일 선수의 고향이기도 하다. 이곳 사람들은 지금도 김일 선수를 자랑스럽게 생각하고 있다. 면소재지에서 남쪽으로 가다 보면 김일 기념관을 만나게 된다. 활약한 자취를 기념관에서 볼 수 있어 새로운 재미가 있다.

거금도는 우리 나라의 수많은 섬 중에서 그저 평범하면서도 자기만이 가지고 있는 아름다움을 간직하고 있는, 누구나 편안하게 다녀올 수 있는 큰 섬이다. 이곳을 떠날 때 타오르는 저녁놀을 바라보는 나그네의 마음은 고향을 떠나 객지로 가는 마음이 된다. (1996)

옥계계곡

바다가 있고 여울이 있는 경북 영덕군 달산면 옥계玉溪계곡에서 휴가를 보내기로 결정했다. 지난해 여동생 가족이 이곳에서 휴가를 보냈는데 계곡이 아름답다고 권했기 때문이다. 친목계원들의 가족 야유회 겸 함께 가기로 했다.

아침부터 등에 땀이 흐르는 더운 날이다. 중학생 아이들은 한사코 집을 지키겠다 하고 따라온 아이들은 대부분 초등학생들이다. 중학생이 되면 부모와 함께 있는 것보다 혼자 또는 또래와 어울리는 것을 좋아한다. 큰 아이들이 빠진 휴가는 왠지 모르게 허전하다.

버스는 벌써 포항을 지나 동해안 고속화도로에 접어들었다. 청하 보경사를 지나 화진으로 진입하니 파아란 동해 바다가 시야에 들어온다. 오래전 직장이 영해에 있을 때 비포장도로였던 것이 아스팔트로 바뀌었지만 바다는 그때 그대로의 모습이다.

오십천 계곡을 왼쪽으로 하고 오른쪽으로 복숭아밭이 있는 옥계로 접어드니 바위 위에서 까맣게 그을린 동네 아이들이 물속으로 뛰어들며 첨벙거린다. 우리 일행을 발견하고 손을 흔든다. 벼 잎의 녹색 물결과 가지런히 심어진 논두렁 콩잎들도 싱싱하게 자라고 있다. 띄엄띄엄 나타나는 상점들도 정겹게 느껴진다.

기암절벽 사이로 수백 년 되어 보이는 소나무들이 고귀한 자태를 뽐내고 있다. 절벽 맞은편에 고색창연한 정자 하나가 계곡을 배경으로 서 있는 풍경이 한 폭의 동양화다. 돌담 사이로 오르니 땅향나무 두 그루가 마주 서있는 옹달샘이 우리를 반긴다. 계곡을 향하여 지어진 기와집이 인상적이다. 이끼 낀 기왓장이며 마당 한구석에 널찍이 자리 잡은 변소며 돌담에 기대어 싱싱하게 자라는 호박 넝쿨들이 마음의 고향을 느끼게 한다.

올해는 무단히도 더운데 이곳은 가을처럼 시원하다. 수정

같이 맑은 물과 반짝이는 자갈들 사이로 피라미들이 헤엄치고 있다. 사내아이들은 제법 깊은 곳에서 헤엄치며 놀고 있고 계집아이들은 물가에서 물장구를 친다.

뻐꾸기 소리, 매미들의 울음소리, 개울물 소리가 절묘한 화음을 이룬다. 수정같이 맑은 물과 옥玉같이 반짝이는 돌멩이들이 가득 차 있어 옥계玉溪라 이름지었다 한다.

한참 지난 후 한바탕 소동이 벌어졌다. 친구 부인이 튜브를 놓쳐 물 속에서 허우적거리는 사고가 발생하였다. 다행히 옆에 있던 사람이 구해주어 큰 사고는 없었다. 이를 계기로 모두들 물가로 나와 조심하기로 다짐하고 사고는 항상 일어날 수 있다는 경험을 하였다. 점심을 먹고 긴장을 푸니 고향 같은 푸근함이 느껴지며 잠 속으로 빠져 들었다. (1989)

크고 작은 섬들이 새파란
남해 바다와 어울린 여수

억새풀의 흰 날개춤
노랗고 빨갛게 불타는 나뭇잎
파아란 하늘의 깃털 구름
시리도록 흘러내리는 계곡의 맑음
하늘거리며 반갑게 미소짓는 코스모스
잠 못 이루는 밤하늘의 별빛

가을 사랑! 그 결실을 낭만과 추억 속에 맺어주는 여행은 항상 새롭고 기대에 부푼다. 이순신 장군의 숨결이 살아 숨 쉬는 전라좌수영의 본거지 여수.

거제도에서 여수까지 밀려온 파도의 숨결이 돌산대교에서

잠시 멈춘다. 남해대교에 밀려 우리에게 생소한 이 다리는 우리 나라에서 몇 개 되지 않는 연육교로 교각에 비스듬히 친 케이블로 교량바닥을 매단 사장교이며 여수와 돌산도를 잇는다. 그 웅장함과 아름다움이 여행객의 발걸음을 오랫동안 머물게 한다. 돌산대교 전망대에서 펼쳐진 여수항의 모습은 한 폭의 동양화 바로 그 자체가 된다.

점점이 떠 있는 하얀 부표 사이를 헤치며 미끄러지듯 오고 가는 작은 고깃배들의 통통거림, 크고 작은 섬들이 새파란 남해바다와의 절묘한 어울림, 하얀 날개를 마음껏 펼치며 한가롭게 노니는 갈매기의 날갯짓, 피곤한 몸을 이끌고 항구로 돌아와 닻을 내린 고깃배들의 울긋불긋한 깃발의 펄럭임이 어우러져 여수항은 낯선 여행객을 푸근한 고향의 모습으로 반긴다.

비릿한 바다내음이 전신에 젖어 있을 때 전망대 옆에 정박 중인 거북선에서는 긴 포성이 울린다. 이순신 장군께서 수병을 독려하시던 모습이 살아 숨 쉰다. 떨어지지 않는 발걸음은 군자동 언덕에 자리한 보물324호로 지정된 진남관에 닿아있다.

여수 한쪽 끝에 다소곳이 자리한 오동도 방파제를 걷노라면 밀려온 파도가 부딪혀 하얀 거품을 토한다. 벌써 자신의 모습은 알몸이 되어있다.

명물 해산물시장에는 남해 서해에서 갓 잡아온 낙지, 문어, 해삼, 꽃게, 굴, 바지락, 도미, 농어, 우럭, 장어 등 해산물이 풍요롭게 차고 넘친다.

각박한 굴레를 벗어나 조용히 자신을 음미하게 만든 여수의 기억들이 생기를 되찾게 하였으며 정신적인 부를 다지게 하였다. (1990)

남해 섬 물건리

대구에서 승용차로 약 3시간 30분을 달려
도착한 곳이 경상남도 남해군 삼동면 물건리 물건방파제가
있는 마을이다. 미조항으로 가는 2차선 아스팔트 신작로가
산 중턱에 걸려 있고 앞으로는 파란 남해가 포근하게 펼쳐져
있다.

남쪽에는 용머리산이 북쪽에는 기러기산이 포구를 감싸고
있는 아담한 마을, 우람한 자태로 엎드려 있는 물건방파제. 해
변에는 잔모래와 몽돌들이 가지런히 놓여 있고 약 300년 전에
가꾼 방조 어부림이 천연기념물 150호로 지정되어 있다.

땔나무, 푸조나무, 상수리나무, 참느릅나무 등 키 큰 나무

약 2,000여 그루와 보리수나무, 동백나무, 윤노리나무 등 키 작은 나무 약 8,000여 그루가 10~15m 높이를 유지하며 용머리산 입구에서 시작하여 기러기산 밑까지 2킬로미터 정도 뻗어있게 조성된 방풍림은 처음 보는 것이다. 아름답고 이색적인 방풍림, 거대한 방파제를 보았다는 사실만으로도 즐겁다.

먼 길을 달려온 탓에 피곤하고 배가 고프다. 몇 가구만 사는 마을이라 외지에서 온 사람들이 식사할 수 있는 식당은 있는지 민박할 수 있는 집이 있는지 궁금하다. 지나가는 동네 아이에게 물어보니 친절하게 안내하여 준다.

가정집을 개조하여 만든 식당이다. 정식을 주문한 다음 집 안으로 들어가 보니 방은 여러 개 있고 화단에는 실내에서 키워야 할 꽃과 나무들이 많다. 따뜻한 곳이다.

복스럽게 생긴 젊은 아줌마가 식사하라고 말한다. 별로 기대하지 않았는데 진수성찬이다. 밥은 큰 그릇에 수북이 담고 홍합 조갯국에 맛있게 무친 고소한 시금치나물, 기름 바른 구운 김, 구수한 멸치젓갈, 조개젓갈, 맛깔스러운 오징어무침, 가늘게 썰어 무친 미역 나물, 무잎이 싱싱한 총각김치, 방금 꺼내어 온 통김치, 시원한 물김치, 기름기 흐르는 가자미구이, 조개와 생선을 넣어 만든 찌개, 모든 것이 물건리에서만 맛볼 수 있는 것들이고 밥상을 보니 기분이 좋아진다.

　아름다운 경치와 순박한 인심은 처음 방문한 곳의 기억을 오랫동안 간직하게 한다. 아름다운 환경에서 생활한 사람들의 마음은 대체로 순박하며 땅이 척박하고 거친 곳에서 생활한 사람들의 마음은 환경처럼 거칠어진다고 한다. 바다가 있고 푸른 숲이 있고 마을을 에워싼 천혜의 자연조건을 갖춘 물건리 마을, 이곳 사람들은 과연 아름다운 환경의 고마움을 느끼고 있을까? 좋은 환경에서 오래 생활하다 보면 좋고 나쁜 것을 구분할 수 없는 최면에 걸리는 것일까?

　방풍림 사이에 멸치젓갈 통이 군데군데 쌓여있다. 한가롭게 그물을 손질하는 노인의 모습에는 물건리의 마음이 스며있고 작은 방파제에는 몇 척의 어선들이 한가롭게 쉬고 있다.

　용머리산과 기러기산이 포구를 에워싸고, 다양한 활엽수로 조성된 방조 어부림이 해풍을 막아 아담하게 만들어 낸 물건리 마을. 식당 주인의 정성과 친절함으로 인하여 물건리의 아름다움과 순박함이 가슴 깊숙이 새겨져 오랫동안 지워지지 않는 아름다움으로 남아있을 것이다. (1993)

다도해, 바다 바다 바다

한반도는 삼면에 바다가 있다.

기개 넘치는 동해, 은근한 난향처럼 고아한 선비의 모습을 한 서해, 사람과 자연의 절묘한 조화로 순정한 사람처럼 잔잔한 남해.

다도해는 목포 앞 쌍방 군도로부터 제주도를 포함하는 남쪽 바다를 말한다. 해안선이 복잡하고 간만의 차가 심하며 크고 작은 섬들이 깨를 뿌려 놓은 듯 수없이 널려 있다.

통영과 거제를 중심으로 하는 한려해상국립공원, 충무 앞 바다 한산도에서 여수까지 보석처럼 빛나는 한려수도. 나로도와 삼부도, 완도, 보길도, 하조도, 비금도, 흑산도, 홍도를 포함한 다도해 해상국립공원. 천혜의 비경을 뽐내는 남쪽 바다는 번잡한 문명에 찌든 현대인을 향하여 유혹의 손길을 내밀고 있다.

'바닷물은 하늘빛을 닮는다.'

눈부시게 푸른 가을 하늘 아래 10여 개의 유인도와 50여 개의 무인도를 거느린 거제도가 저만치 자태를 드러낸다. 밀물과 썰물 때면 숨바꼭질이라도 하듯 크고 작은 돌섬이 사라졌다 나타나곤 하는 곳. 남해의 첫걸음이 벌써 숨 가쁘다. 거제도 남단에는 주단을 펼치듯 해금강을 열어놓고 품 안에 학동 동백림과 마주도, 칠전도, 내도, 외도를 비롯한 작고 큰 섬들을 아기처럼 안고 있다.

거제는 유배의 땅이었다. 반공포로 수용소가 자리하여 비극의 역사에 눈물을 더하였다. 40년 세월을 더한 지금에 와서 그 땅을 바라보기가 조금이나마 덜 미안한 생각이 든다.

한산도를 기점으로 멀리 여수까지 이어지는 꿈같은 뱃길이 한려수도이다. 3백리 뱃길에는 200여 개의 작고 큰 섬들이 국토의 남단을 마주하고 물 위에 뜬 채 그리움에 젖어 있다. 여수시와 남해, 하동, 사천, 삼천포, 고성, 통영시 앞바다를 낀 바다 위로 열린 길이다.

한려수도의 제1경은 통영시 해역에 들어 있다고 보아야 한다. 여기에는 140여 개의 고만고만한 섬들이 저마다 자리를 차지하고 밤하늘에 흐르는 잔별처럼 빛나고 있다.

통영과 남해도를 사이에 두고 그 가운데 바다를 차지한 것이 사량도이다. 상도와 하도, 형제섬이 수우도, 농가도, 대섬 등을 친척으로 거느리고 있는 사량도는 그 지세가 섬으로는 보기 드문 험한 산으로 평평한 물길을 지나던 나그네의 눈길을 끈다. 남해의 설악, 바다에 와서 산속을 느끼기엔 으뜸이다.

'사량도에 가서 산속을 보고 남해도에 닿아 일몰을 본다.'

남해도는 우리나라에서 네 번째로 큰 섬이다. 그 둘레에 70여 개나 되는 섬을 거느리고 형세가 기운차며 웅장하여 점점이 박힌 섬 사이로 석양이 기울 때면 영원한 세월 앞을 오고 가는 인생들이 그 알몸까지 속속들이 들여다보이는 듯 비감하다.

여수 앞바다에서 수평선을 만난다. 그도 잠시 섬들이 첩첩하니 연도, 안도, 금오도가 저기 있다. 북서쪽은 개도, 백야도, 낭도가 있고 서남쪽 바다를 저 멀리서 가마득히 가로막은 것은 나로도다. 여기 백양에서 지석묘를 보고 봉래 동백동산과 학 떼를 구경하다 보면 세상사 모두가 간 데 없다. 죽음을 일러 인간의 마지막 통과 의례라 했던가!

지나쳐 사방을 휘휘 둘러보면서 평도, 광도가 어디쯤인가

상심하다 다시 수평선을 두어 개 지나고 나면 불현듯이 눈앞을 막아서는 섬 거문도. 모진 목숨을 목선에 담아 폭정과 모멸을 피해 죽음보다 더 멀리 물러나 앉은 삶이기에 저토록 푸르른가! 초췌한 나그네의 마음도 외롭다. 북극성처럼 빛나는 거문도 등대를 뒤로하고 하얀 백도를 만난다. 하얀 바위섬에 가마우지가 날갯짓한다. 백도 풍란은 모진 삶이기에 그토록 향기로운가!

여수항을 버리고 서남쪽 다도해의 모항인 목포를 만난다.

진도를 지나 추자도를 건너면 제주에 닿고 안자, 가산, 빗금, 도포, 토목, 흑산을 지나면 홍도를 만난다. 장산, 율도를 지나 저도를 만나고 임자를 지나면 낙월도에 닿는다. 고산, 당시, 욕질을 지나면 자은도에 간다. 두루, 사든, 다수, 오사동리를 거치면 조도가 있고 벽파, 어란, 넙도, 노화, 보길도를 지나면 소안도에 닿고 모도, 흑일, 백일, 청산을 지나면 완도에 닿는다.

이곳을 가는 목포항에는 추억이 있고 애환도 많으며 정이 있다. 유달산의 빼어난 바위와 삼학도의 동백이 발목을 잡는다.

사람 사는 섬 105개와 738개의 무인도가 서쪽에 중국을 펼쳐놓고 남쪽에 제주를 그림처럼 포개 놓은 채 한바탕 춤판이라도 벌일 듯한 신안 앞바다 저 멀리 홍도는 거짓말처럼 떠 있다.

쾌속선으로 두 시간 삼십 분 길, 목포 서남쪽 바다 115㎞ 지점의 망망대해다. 바닷물은 미치도록 푸르고 홍도는 여전하다. 대풍리 포구에 서서 수평선을 건지고 뱃전에 기대 남문 석회굴 병풍바위를 돈다. 탑 여에 올라 홍도를 다시 보면 깎아지른 절벽마다 동백꽃이 만발하고 그보다 먼저 풍란은 진한 향기를 천 리 밖까지 실어 보낸다.

84년 해남 문내 학동리와 진도 군내 녹진리 사이의 비율도목을 가로지르는 사장교가 놓이므로 육지가 되어버린 섬 진도. 민속의 보고이자 예향으로 그 이름이 높다. '나도 들노래'와 '진도 아리랑'이 뿌리를 내렸고, '진도 씻김굿'의 원형이 또한 여기에 보존되어 있다. 홍주에 취한 나그네는 비몽사몽이었던가?

모도 6군도는 바로 진도의 턱밑을 간질이고 있다. 호수처럼 잔잔한 바다 위에 유무인도 180개가 진주 뿌려 놓은 듯 빛을 발하고 있는 조도. 6군도는 하도 군도를 둘러싸고 가사 군도, 성남시도, 거사 군도, 관매군도가 병풍을 둘러친 형상을 하고 있다.

완도는 뭍의 길로 광주에서 두 시간 십 분 길이다. 69년에 육지와 연결된 연륙교가 놓였다. 모포를 출발하여 벽파, 어란, 성호, 넙도, 노화, 보길, 정자, 소안, 모도, 완도를 지나 청산까지 이르게 되는 뱃길이다.

고산 윤선도가 뭍을 떠나 남도 문화를 만들고 장보고가 호령하던 이쪽 바다엔 202여 개의 섬이 옹기종기 머리를 맞대고 있다. 보길도 예송리에서 해안선을 거슬러 가는 관대봉 가파른 소로에는 낙조가 질펀하다. 예작도 앞바다 점점이 떠 있는 고깃배는 신열 앓은 처녀처럼 어깨를 떨고, 마침내 어느 아낙의 고단한 호미질을 받아 그 쓰임새를 이루었을 천수답에서는 벼들이 층층이 아픈 허리를 편다.

껑충한 키를 저녁놀 속에 파묻고 내려다보는 옥수수밭 사이에는 엉거주춤 마늘밭이 펼쳐져 있다. 바다와 한세상을 이루며 살아온 사람들이 여기에 살고 있다. 다도해를 이루는 것은 섬과 바다만이 아니다. 장구한 세월 동안 침묵에 잠겨 있던 한반도의 바다를 깨우고 거기에 생명을 나누어 준 이들이 바로 그들이다. 이 땅을 끌어안고 뜨거운 울음을 울어 보지 않은 사람이면 알 길이 없다.

샛바람, 마파람, 갈바람, 하늬바람, 높새바람, 사시사철 방향을 틀어 기우는 곳 다도해 뜨고 지는 해 굴절된 인간의 삶의 모습들이 저기 있다. 천혜의 자연과 척박한 인간의 역사가 서로 기대고 일어나 마침내 비장한 아름다움을 완성하는 곳

그러기에 다도해는 위에서 내려다보면서 지나치는 그런 풍경
이 아니다.

　다도해는 바다 위에 떠 있는 섬들이 아니다. 섬 사이에 바다
가 있다. 길이 있다. 사람의 길이다. 바다를 안고 있는 섬에는
사람이 있다. 그들이 곧 섬이요, 바다이다.

　시작되지 않고 끝나지도 않는다. 어디서 시작되며, 종착점
은 또한 어딘가. 뱃길 천 리 다도해는 또다시 시작되는 것이
다. 우리 모두의 가슴속에 출발선을 그어둔 채…….(1991)

철새가 되었다

바다가 부자인 우리나라가 좋다. 동해는 동해대로, 서해는 서해대로, 남해는 남해대로 좋지만, 남해는 크고 작은 섬들이 많아서 좋다.

섬마다 다 들르는 새마을 여객선을 타고 작고 아담한 섬에 내렸다. 철새들이 바위에 남겨 놓고 떠난 배설물이 검정 바위를 하얗게 바꾸어 놓았다. 철썩이는 파도와 갯바위를 터전으로 삼아 살아가는 생명체가 어울려 이곳도 그들의 삶의 터전이다.

거북손, 홍합, 작은 게들이 연신 바닷물 마시며 먹이를 취하고 갯바위 물밑을 터전 삼아 넓직한 이파리를 흔들며 작은 고기들을 부른다. 파도에 일렁이는 물결은 은빛으로 반짝이고 밀려왔다 다시 밀려가는 파도는 철썩이며 소리를 낸다. 세찬 파도는 갯바위에 부딪혀 하얀 거품이 되어 다시 바다로 간다.

멀리 수평선에 배가 지나고 있다. 누가 타고 있을까? 어디서 출발하여 어디로 가고 있을까? 무엇을 하는 배일까? 멍하게 생각하는 도중 그 배는 점이 되어 시야에서 사라지고 없다.

바다 물색을 닮은 파란 하늘이 아름답다. 고개를 돌리니 작고 큰 섬들이 바다에 수놓여 있다. 몇 채 안 되는 마을 지붕이 해풍에 바래어 갯바위를 닮았다.

동백잎이 햇빛을 받아 반짝인다. 쉬고 있는 물은 죽은 물이기에 바다는 잠시도 쉬지 않는다. 사람도 공기도 흙도 움직여야 살 수가 있다. 태풍은 큰 고통을 안겨 주기도 하지만 새로운 것들도 많이 만들어 준다.

물이 움직이는 정도를 사람이나 물속 생명체들도 잘 알고 있다. 때를 놓치면 안 되는 것이 많다. 사람이나 생명체들도 이때를 노리는 것이다. 작은 배 몇 척이 밧줄에 매여 밀려오는 파도에 몸을 맡기고 이리저리 움직이고 있다. 사각 나무틀에 그물망을 씌워 만든 건조대에 미역도 생선 몇 마리도 몸을 말린다.

꼬리를 흔들며 달려 나온 강아지가 무척이나 반갑다. 돌담

길을 한참이나 걸어가 보아도 아무도 보이지 않는다. 가파른 언덕배기는 싱싱한 줄기를 뽐내는 고구마밭이다. 한참을 걸어서 올라가 본 언덕에는 누렁이가 풀 뜯기에 여념이 없다.

불어오는 해풍이 상쾌하다. 선착장에서 본 바다와는 사뭇 다른 풍경을 가슴에 담아 보았다. 적막강산에 내팽개친 마음이다. 바다 가운데 점으로 남아 있는 작은 섬은 외로움이 되었다.

남해 섬들이 만들어 놓은 아름다움은 변함이 없다. 한 마리 철새가 되어 찾아와 잠시 취해 있다가 갯바위에 하얀 흔적을 남기고 떠날 것이다. (1995)

다구마을 바닷가

남해의 조그만 어촌, 다구마을 앞바다는
작은 배들만 닻을 내리는 한적한 포구이다.

찬바람에 식은 몸과 마음을 따사로운 햇볕이 데워주고, 일
렁이는 파도는 은빛으로 반짝인다. 갈매기들은 어디론가 떠
나고 먼 곳에서 찾아와 겨울을 보내는 청둥오리들이 한가롭
게 바다 위를 헤엄치고 있다.

지난날 바다를 많이도 찾아다녔다. 일상의 답답함을 안고
바다 앞에만 서면 가슴이 확 트이곤 했다. 포구에 정박해 있
는 배들을 바라보며 그 시절을 생각한다. 수도 없이 찾았던
그때마다 삶의 추억들이 또 한 번 나의 심장을 뜨겁게 달구어

준다. 한때는 나의 인생도 저 은빛 물결처럼 반짝였으리라. 지나간 추억들이 하나씩 떠올라 수북이 쌓이고 있다.

작고 큰 섬들이 옹기종기 모여 있고 수평선 너머로 희미한 산 능선은 겹으로 포개어져 바다를 품어 안고 있다. 양식장에서 일을 마치고 쉬고 있는 작업선들이 점점이 떠 있어 바다의 잔잔한 아름다움을 더한다. 시간이 멈춘 듯한 정적을 깨고 하얀 물보라를 일으키며 작은 배 한 척이 바쁘게 먼바다로 달려간다.

물 밖 모래 틈으로 작은 게들이 집게발을 분주히 움직이며 먹이를 찾는다. 돌멩이 사이로 바다 다슬기들도 바쁘게 움직인다. 이 모든 것들이 더해져 다구마을 바다는 한 폭의 수채화가 된다.

잠에서 깬 작은 배들이 새벽에 떠나고, 어둠이 내리면 돌아와 삶의 짐을 내려놓고 편안히 쉴 수 있는 곳. 온갖 번뇌의 짐을 다 내려두면 몸과 마음이 편안해진다. 아는 이도 없고, 마음을 나눌 수 있는 친구도 없지만 가진 전부를 아낌없이 내어 주는 곳. 이 바다에 오면 외롭지도 우울하지도 않다. 가슴 속에 좋았던 기억들만 생각나게 해 주는 마법을 가졌기 때문이다.

첫눈이 내리면 다구마을 바다에 가보자던 동반자는 이제

이 세상에 없다. 세월은 내게 추억을 다시 만들어 주지 않았다. 약속할 때의 모습으로 같이 찾을 때를 상상해 본다.

상상하지도 못한 일들이 찾아와 나를 헤어나지 못하게 하였다. 칠흑 같은 어둠 속에서 실오라기 같은 빛도 보이지 않았다. 해가 뜨면 뜨는 대로, 달이 뜨면 뜨는 대로, 별은 있어도 고개 들어 볼 수 있는 여유가 없었다. 아침이 되면 깨어 있어야 하고, 밤이 되어도 잘 수가 없는 하루의 반복에서 나는 없고 해야만 하는 일만 나를 기다리는 하루하루가 되었다.

마침내 어둡고 긴 터널을 지나 밝은 세상으로 나오니 눈을 뜰 수가 없었다. 꽤 오랜 시간이 지나고 나서야 내가 살던 세상이 조금씩 보이기 시작했다. 모두가 다 그대로인데 나만 헤매고 있었나 보다. 꽃 피는 봄도, 숨 막히는 더위도, 오색의 단풍도, 눈보라 치는 겨울도 그대로였다.

세월은 시곗바늘처럼 어김이 없다. 시작이 있으면 끝이 있고, 기쁜 일이 있으면 슬픈 일도 있구나! 정신을 차려 보니 이것이 자연의 이치라는 것을 알겠다. 긍정적으로 생각하자, 좋은 기억만 생각하자는 것은 여유가 있을 때만 생각할 수 있는 사치스러운 일이라는 것도 알게 되었다.

시간이 흘러 마음의 여유가 생기니 잠자고 있었던 다구마을 바다가 생각이 났다. 나를 괴롭혀온 온갖 일들이 하나둘 잊혀가 평정심을 조금씩 찾아가고 있다. 얼었던 가슴을 녹여 주고 따뜻한 가슴을 만들어 주는 바다를 향해 달려왔다. 다시 한번 꿈과 희망을 주고 다시 일어나게 힘을 준 곳, 따뜻한 위로를 전해 준 이 바다에서 잠시 행복을 느껴본다.

엄동설한에도 늘 따뜻한 가슴이 되어 주는 곳. 보고 싶으면 갈 수 있는 이 바다가 있기에 행복한 꿈을 꿀 수가 있었다. 다구마을 바다는 고향처럼 내 마음속에 영원히 남아 있을 것이다. (2021)

적금도의 배부룩대

숭어는 자람에 따라 다른 이름을 가지고 있다.
부엌칼 크기면 '파랑이', 큰애기 팔뚝 크기면 '마루' 혹은 '마루쟁이',
논두렁에 처박힌 굵직한 참나무 말뚝 크기에 이르면 '말뚝',
이 놈의 뚝심과 옹골참은 정말 참나무 말뚝 그대로다.
늙고 늙어 주둥이가 쇠주둥이처럼 넓어지고 뱃구레가
천하장사의 장딴지처럼 위풍스럽게 늘어지면
그 이름도 거창한 '배부룩대'란 속칭으로 불리우게 된다.
- 〈적금도의 배부룩대 〉

꺼지지 않는 불빛, 아! 축산항

반짝이는 이파리를 가득 보여 주는 산이 있어 좋고, 비릿한 바다 냄새가 온몸으로 스며들어 좋습니다. 거친 손으로 그물을 손질하는 어부들의 손놀림이 정겹습니다. 파도치면 힘 있는 바다가 좋고, 잔잔한 바다는 편안합니다.

떠나는 헤어짐이 아련하고 찾아오는 기쁨이 있어 가슴이 뜁니다. 고기잡이배들의 불빛이 수평선에서 등불이 되어 내 눈을 붙잡습니다. 정치망을 하얀 부표에 매달아 놓고 새벽을 여는 어선들의 움직임은 살아있음을 느끼게 합니다.

밤에는 달빛과 별빛이 한 폭의 그림이 되었습니다. 잠자는 바위를 일깨워 주는 태풍은 온갖 것을 새롭게 하기에 두려운 존재만은 아닐 것입니다.

멀리 수평선 너머에 무엇이 있는지를 꿈꾸어 보는 것도 재미가 있습니다. 풍성하게 널려 있는 오징어 덕장이 가슴을 넉넉하게 합니다. 대진항으로 가는 해안길은 신비를 품은 불빛이 되어 가슴을 태웁니다. 멀리 봉수대가 보이고 위로는 후포항이 아래로는 강구항이 보입니다.

쪽빛 바다는 갈매기들의 영원한 고향이 되었습니다. 운이 좋은 날이면 하얀 물보라를 내뿜는 밍크 고래도 볼 수가 있습니다. 둑을 따라 핀 코스모스가 맑은 아름다움이 되어 줍니다. 항구 옆으로 흐르는 개천 모래 물속으로 은어가 떼를 지어 오르는 모습을 볼 수도 있습니다.

싱싱한 미역이 자라고 해삼이며 전복이며 멍게들도 많이 납니다. 홍합과 성게가 지천입니다. 뱅에돔이며 감성돔이, 망상어와 돌돔이, 멸치와 게르치가, 복어와 오징어가, 새우와 문어가, 전어와 볼락이, 장어와 청어가, 쥐치와 노래미가, 숭어와 황어가, 꽁치와 우럭이 다 있는 이곳 바닷속은 해산물의 천국입니다.

봄이면 벚꽃이 환하게 피고, 여름이면 울창한 숲속 길이 시원합니다. 코스모스가 피는 황금 들판이 있고, 한겨울에도 새파란 대나무 숲이 있는 곳. 가슴속에서 영원히 꺼지지 않는 불빛으로 남아있는 축산항의 아름다움만 생각하면 정신이 번쩍 드는 용기가 생겨납니다. (1989)

가자! 시산도로

낚시는 제일의 취미요, 가장 아끼는 물건도 낚시 장비이다. '쇠는 달구어졌을 때 두드려야 한다.'는 평범한 진리가 새삼 와닿는다. 마음만 먹으면 항상 가능한 것 같이 생각되었지만 지금은 전혀 그렇지 못하다. 마음은 항상 낚시 생각이지만 주어진 여건이 허락하지 않는다.

은행에 들렀을 때 고객을 위하여 비치된 책꽂이에서 낚시 책을 발견하면 여간 기쁘지 않고, 서점에 들렀을 때도 낚시 책부터 눈에 들어오고, 낚시에 대한 기사가 실리면 빠지지 않고 읽는다. 차에는 어떤 장소에 가더라도 미끼만 있으면 낚시할 수 있는 장비가 준비되어 있다. 이쯤 되면 낚시광처럼 보이지만 실제로는 그렇지 않다.

평소 낚시에 대한 나의 기본규약이 있다. 나는 어부가 아니라 즐기는 사람이며 가족이 흔쾌히 가도 좋다고 할 때 떠나고, 같이 가려는 동료가 있으면 즐거운 마음으로 같이 가지만 혼자 갈 때가 많다.

혼자보다는 가족끼리 같이 가서 즐기는 낚시가 되어야 한다고 생각하지만 아내는 같이 가려고 하지 않는다. 아들 또한 낚시를 좋아하지만 지금은 대학 입시를 준비하는 수험생이라 나와 마찬가지 형편이다. 제일 소중한 취미활동을 못하는 지금을 되돌아보면 진정한 삶이 무엇인지, 나 자신이 어디로 가고 있는지 가끔 회의를 느낀다.

자신의 마음을 억제하고 주어진 여건을 슬기롭게 극복하는 것이 가족을 위해서나 나 자신을 위해서 좋다고 생각되지만 마음 한구석이 늘 허전한 것은 무엇 때문일까? 낚시에 대한 의욕이 마음속 깊이 자리잡고 있기 때문일 것이다.

근무 중에도 조그만 자투리 시간이 있으면 나의 마음은 저 멀리 남해의 한적한 섬 시산도 갯바위에 앉아 있다. 참갯지렁이를 매달고 출렁이는 파도에 새빨간 찌를 흘리면서 돌돔의 화끈한 입질을 생각한다. 갯바위 틈을 헤집고 분주히 움직이는 갯강구와 바위틈에서 기어 나와 열심히 먹이를 찾는 꼬마게들을 친구 삼고, 멀리 문어 통발을 열심히 끌어올리는 어부들의 삶을 아름답게 느끼고 있을 때, 낚싯대를 끌어당기며 빨간 찌가 세차게 빨려 들어간다. 그 순간이야말로 흥분의 극치며 내가 좋아하는 모든 것이 이루어지는 순간이다.

낚싯대 끝이 물속에 잠기어 좌우로 요동치는 감촉들이 손끝으로 전달되어 심장을 멈추게 한다. 당기면 물속으로 잠겨가고, 놓아주면 가만히 있고 이것을 여러 번 반복하고 나면 둘 다 지친다. 지친 돌돔의 마지막 몸부림 또한 만만치 않다. 수면 위로 얼굴을 내밀고는 곧 물속으로 사정없이 들어간다. 더 이상 견딜 힘이 없는 돌돔은 물가로 몸을 비스듬히 기대고 항복하고야 만다. 갯바위로 끌려 나온 얼룩무늬의 돌돔은 최후의 발악으로 날카로운 지느러미를 한껏 펼치며 물속 무법자답게 위용을 자랑한다. 몇 마리의 갈매기가 갯바위에서 무슨 일이 벌어지고 있는지를 살피기 위해 주위를 맴돈다.

어둠을 뚫고 찾아온 나의 안식처에 붉게 물든 저녁놀이 수평선에 깔려오면 짐을 챙기면서 언제쯤 다시 올 수 있을까 아쉬움을 달랠 때 통통배 한 척이 나를 데리러 온다.

'가자! 시산도로'라고 외쳐 보지만 허공에 맴돌다 소리 없이 사라진다. 허공의 소리들이 모여서 가슴만 답답하다. 마음속에 쌓인 응어리를 풀기 위해 이번 겨울에는 꼭 시산도를 찾아야겠다. (1992)

빨간 지렁이

어릴 때부터 낚시를 좋아했다. 성냥통 속에 넣은 빨간 지렁이를 들고 냇가로 흘러가는 도랑에서 대나무 낚싯대를 드리우면 메기, 붕어, 피라미 할 것 없이 잘도 물어 주었다.

집에서 낚시터까지 가는 길목에는 파밭, 과수원, 참외밭, 가지밭, 감자밭들이 계절마다 싱싱하게 자랐다. 보리밭, 밀밭길을 지나가다 낚싯대가 잎을 스치면 놀란 종달새가 하늘 높이 날아올라 귀여운 소리로 지저귀며 친구가 되어 주기도 했다. 도랑으로 가는 제방길은 잡초들이 우묵하여 지나가는 소리에 개구리들이 도랑으로 뛰어들고 가끔 만나는 물뱀은 어린 나의 가슴을 놀란 토끼마냥 두근거리게 했다.

도랑이 끝나는 곳에는 물의 흐름이 느리고 낚싯대를 던져 넣기에 알맞은 장소가 나타난다. 대나무 낚싯대에 감겨있는 낚싯줄을 풀고 수수깡 토막으로 만든 찌 아래에 매달린 낚시에 빨간 지렁이를 달아 도랑 옆 수초 사이에 사뿐히 던져 넣으면 수수깡 찌는 금방 꿈틀거리기 시작한다. 이리저리 움직이다 서서히 한쪽 방향으로 이동하면서 물 속으로 잠길 때 손바닥으로 전해오는 강렬한 느낌은 아직도 생생하다. 낚싯대를 가볍게 채서 들어 올리면 물고 늘어지는 메기며 붕어가 그렇게 반가울 수가 없었다.

빨간 지렁이 미끼가 다 떨어지면 아쉬움을 간직한 채 내일을 기약하며 개선장군처럼 의기양양하게 집으로 돌아온 아름다운 기억들이 가슴속에서 별빛처럼 반짝이고 있다.

지렁이는 손쉽게 잡을 수 있었다. 집집마다 농사를 위해 마련해 둔 거름 속이나 우물가 돌 밑에 많이 있었고 비 오는 날이면 마당이나 길에 기어다니는 지렁이를 보는 것은 어렵지 않았다.

낚시에 알맞은 지렁이는 굵은 지렁이보다 꿰기에 알맞은 지렁이가 좋고 검은 지렁이보다 빨간 지렁이를 고기들이 더 좋아한다는 사실도 알았다. 빨갛고 꿰기에 좋은 지렁이는 거름 속이나 돌멩이 밑에 있는 것이 아니라 정미소 등 겨 속에서 많이 살고 있다는 사실도 알았다. 빨간 지렁이를 준비한 덕분에 다른 사람보다 붕어나 메기를 더 많이 잡을 수 있었다.

보기에는 징그럽게 생긴 지렁이지만 척박한 땅을 부드럽게 하여 기름지게 함은 물론이고 다른 동물들에게 중요한 먹이를 제공한다. 땅 위에서는 새들이나 들쥐의 먹이가 되고 물 속에서는 고기들의 먹이가 된다. 허약한 사람들에게는 고단백질을 제공하는 식품으로, 아름다움을 가꾸는 화장품의 원료로도 없어서는 안 되는 중요한 생물이다.

식성이 왕성하여 어떠한 조건에도 잘 적응하며 번식력이 매우 높지만 지금은 흙 속이 오염되어 미생물이 줄어들고 아스팔트나 콘크리트로 포장되어 안타깝다. 지렁이가 마음 놓고 살아갈 수 있는 환경이 될 때 우리도 살 수 있지 않을까 생각이 든다.

현재의 편리한 생활보다 지렁이가 흙 속을 헤집고 다니고 종달새의 울음소리를 귀로 느끼며 시냇물을 마셔도 배탈이 나지 않았던, 가난했지만 아름다움과 인간의 순정이 있었던 시절이 더 그리운 것은 무엇일까?

사람은 흙에서 태어나 결국은 흙으로 돌아가야만 하기 때문일 것이다. 움직일 때마다 이로움을 주는 빨간 지렁이의 삶에 머리가 숙어진다. (1996)

적금도의 배부룩대

광활한 수평선을 등지고 한 점의 청옥靑玉
이듯 짙푸른 모습으로 다가오는 적금도는 출렁거리는 물결
소리, 강렬한 태양, 뜨거운 대기, 빽빽한 억새풀, 파도에 부대
끼던 묵묵한 바위벼랑, 첩첩이 숨고 숨는 청회색의 먼 산봉
우리들, 숭어가 잘도 낚이던 비밀의 보물섬. 추억과 그리움
이 차곡차곡 쌓여 있는 곳이다.

충만한 파도소리와 더불어 새까만 깜둥이가 되어 숭어를
기다리고 또 숭어를 낚았다. 지난 추억인 줄 알면서 혼자만
의 미소와 더불어 추억의 바다에서 추억의 고기를 낚고 있는
것이다. 아, 추억 속의 숭어낚시, 그 꼬솜한 재미 그리고 그것

속에 담긴 싱싱한 힘의 환희를 어찌 말로 표현할 수 있으랴!

숭어란 놈은 정말 매력적인 물고기이다. 우선 생김새부터가 산뜻한 신사의 품격 바로 그것이다. 첨단 잠수함처럼 날씬하면서 짙푸른 회청색의 등줄기와 찬란한 유백색의 배 비늘.

어디 그것들이 주는 선명한 조화뿐이겠는가? 맵시에 걸맞게 도약력 또한 일품이다. 후릿그물에 걸렸다 싶으면 일제히 몸을 날려 필사적으로 사선을 뛰어넘는 경쾌한 몸놀림. 오죽했으면 광대들이 몸을 뒤로 날리는 땅재간을 '숭어뜀'이라 했을까?

뭐니 뭐니 해도 가장 숭어다운 점은 명민성이다. 모든 물고기는 미끼를 삼키기 마련이다. 미끼를 삼키는 것이야말로 생존의 숙명이기에 당연한 노릇이지만 숭어란 놈은 조금 다르다. 무작정이 아니라 미끼의 각피를 물고 순간적으로 내용물만 빼먹는 식이다. 입질은 순간적이고 각피가 없는 갯지렁이나 속살이 단단한 새우 등은 좋은 미끼가 될 수 없다.

남해와 서해에서는 쏙이라는 땅가재를 많이 쓴다. 쏙은 조개의 습성에 헤엄치는 모습이 가재를 닮았다. 껍질은 여리고 가슴엔 붉은 색의 달콤한 장을 싣고 있어 숭어와는 천생연분이다.

숭어는 자람에 따라 다른 이름을 가지고 있다. 부엌칼 크기면 '파랑이', 큰 애기 팔뚝 크기면 '마루' 혹은 '마루쟁이', 논두렁에 처박힌 굵직한 참나무 말뚝 크기에 이르면 '말뚝', 이놈의 뚝심과 옹골참은 정말 참나무 말뚝 그대로다. 늙고 늙어 주둥이가 쇠주둥이처럼 넓어지고 뱃구레가 천하장사의 장딴지처럼 위풍스럽게 늘어지게 되면 그 이름도 거창한 '배부룩대'란 속칭으로 불리우게 된다.

이 배부룩대야말로 이제는 전설의 고기가 되어버렸다. 밑밥을 삼키기 위해 바글거리는 잔챙이들 주변에 어쩌다 표연히 나타나서 장중한 수신水神인듯 서서히 소요逍遙하다가 슬며시 몸을 감추던 배부룩대. 피폐된 어장과 더불어 사라져버리고 말았다.

죽을 때가 되어야 낚시 끝에 매달려 뭍구경을 한다는 배부룩대. 죽을 때가 아니면 낚시에 걸려도 목줄을 끊거나 제 아가리를 찢고 먼바다로 달아나 버린다는 배부룩대. 올여름 여수 수산물 명물거리 생선가게에서 한 마리의 배부룩대를 본 적이 있다. 그것은 분명히 배부룩대였지만 결코 꿈에 그리던 그놈은 아니었다. 소금에 절고 절어 커다란 은백색 비늘은 누렇게 변하고 터진 뱃구레 사이로 알집이 삐져나온 채 처절하고 참혹한 몰골로 불결한 좌판 위에 팽개쳐져 있는 것이었다. 감동적인 배부룩대가 이런 몰골로 변했단 말인가? 발걸음을 돌릴 수 없었다.

아, 불쌍한 배부룩대여! 어쩌다 인간이 쳐놓은 그물에 몸을 던졌단 말인가? 그 장중한 수신의 위풍, 막강한 힘을 저 불결한 썩음 속에 묻고 있단 말인가? 지나온 날 연연히 그랬듯이 어영부영하다 낚시에 걸어본 적도 없는 진짜 배부룩대를 만난다는 것은 그저 꿈으로만 끝날지도 모른다.

지금도 적금도의 숭어를 반추하며 못내 그리워한다. 적금도의 푸르름이여, 파도여, 바람소리여, 너희는 영원 무궁 싱그러울지어다. (1994)

메기와 참깨 애벌레

8월 7일 오후 2시. 더위가 기승을 부려 움직일 의욕이 나지 않는다. 무료하게 신문을 뒤적이고 있는데 제매에게서 전화가 왔다. 참깨 애벌레를 어렵게 구했으니 메기잡이 밤낚시를 가자는 제안이다. 민물·바다낚시 할 것 없이 2등 하기 싫어하는 나로서 요즈음은 왜 그런지 전보다 낚시에 대한 나의 집념이 시들해 감을 스스로 느끼고 있다.

평소 메기만 노려서 낚시 간 적은 없고 붕어낚시를 하는 가운데 손님고기로 낚아 보았다. 이때의 미끼는 대부분 지렁이였다. 참깨 애벌레가 메기 미끼로 좋다는 이야기는 수없이 들었지만 참깨밭에도 농약을 많이 쳐서 애벌레를 구한다는 것이 매우 어렵다. 메기낚시를 하려고 할 때 애벌레가 자라는 기간과 일치되어야 하는 어려움과 미끼를 구하여도 낚시할 수 있는 시간이 있어야 하니까 더욱 어렵다.

제매의 이야기로는 팔공산 근방이 고향인 친구에게 봄부터 부탁한 결과로 어렵게 애벌레 13마리를 구하여 모기장으로 집을 만들어 깻잎을 넣어 기르고 있으니 꼭 가야만 한다고 한다.

과연 참깨 애벌레 미끼에 귀한 메기가 물어 줄 것인가? 속는 셈치고 영천 자양댐 하류에 있는 수성지로 결정하여 출발하기로 약속을 했다.

마루를 등지고 신문과 씨름하는 것보다 훨씬 마음이 상쾌하다. 많이 보아온 여름 들녘이지만 친근감을 더 느낀다. 한 시간쯤 달려 수성지에 도착하니 생각보다 저수지가 크며 계곡을 막아 만든 곳으로 아담하고 물도 깨끗하다. 저수지 둘레로 낚시인들이 드문드문 보인다. 메기가 있을 만한 장소는 도로 반대편이라 엄두가 나지 않는다. 도로변에 적당한 장소를 선택하여 텐트를 치고 대충 낚시 준비를 하니 시계는 오후 6시를 가리킨다.

낚싯대 끝에 야광찌를 달고 준비된 애벌레를 크기에 따라 두 토막 또는 세 토막을 내기 위하여 실로 묶었다. 실로 묶은 이유는 애벌레의 껍질은 가죽처럼 단단하나 토막을 낼 때 내용물이 밖으로 나와 버리면 미끼로서 가치를 상실하기 때문이며 다른 하나는 미끼를 절약하기 위해서다.

낚시에 미끼를 끼우고 적당한 장소에 던져 놓고 보니 제매 낚싯대까지 합하여 모두 8대의 낚싯대이다. 초저녁이라 계곡으로부터 불어오는 바람으로 인하여 수면에는 제법 큰 물결이 인다. 밤하늘에는 별들이 하나 둘 제 모습을 드러내고 산 속에서 들려오는 새소리로 인하여 초저녁의 고요함이 더해온다.

한 시간쯤 지났을 무렵부터 바람은 자고 낚싯대 끝에 붙어 있는 야광찌의 새파란 불빛은 더욱 선명하다. 온통 신경이 낚싯대 끝에 모여 있다. 제매의 세 번째 낚싯대 끝이 약간 흔들린다. 순간 메기가 왔다는 것을 알아차리고 두 번째 흔들릴 때 낚싯대를 채었으나 별로 신통하지 않은 표정이다. 수면 위로 올라온 메기는 노란색을 띤 새끼메기였다.

출발할 때 이 저수지는 팔뚝만 한 메기들이 많이 서식하고 있으므로 틀림없다고 큰소리친 제매가 쑥스러운 표정이지만 메기가 물었다는 자체에 가슴이 두근거린다. 조금 지났을 무렵 제매 쪽으로 펼쳐진 나의 세 번째 낚싯대 끝이 조금씩 흔들거려 채어보니 당김새가 약하다. 수면으로 올라온 메기도 새끼메기였다. 이렇게 하여 내가 세 마리, 제매가 네 마리의 새끼메기를 잡았다. 오늘 저녁은 새끼메기로 낚시가 끝나겠다 생각하니 가슴이 답답하다.

시간은 흘러 밤 10시, 나의 두 번째 낚싯대의 야광찌가 조금 전과 다르게 심하게 흔들린다. 긴장하여 채어보니 당김새가 묵직하다. 나는 제매에게 한 수 걸었다고 자랑스럽게 말하며 서서히 당겨보니 정말 팔뚝만 한 메기였다. 이제 안심이 되는지 초저녁이라 새끼가 물었고 이제부터는 큰 메기가 계속하여 물 것이라 한다. 흥분한 마음을 가라앉힐 때쯤에 나의 첫 번째 낚싯대가 심하게 흔들려 채어보니 조금 전처럼 당김새가 좋다. 또 팔뚝만 한 메기였다.

이제는 제매의 낚싯대도 심하게 흔들린다. 잡아낸 메기도 팔뚝만 하다. 정신없이 잡아내다 입질이 뜸하여 시계를 보니 0시 30분, 잡은 메기는 새끼메기가 일곱 마리, 큰 메기가 아홉 마리로 살림망이 그득하다. 준비한 커피를 뜨겁게 마시니 진한 커피냄새가 온몸을 적신다.

오랜만에 기분 좋은 밤이다. 올 때의 염려한 마음도 사라지고, 메기미끼는 참깨 애벌레가 확실하다는 것을 체험으로 알 수 있었다. 낚싯대를 거두고 텐트에 누우니 잠을 잃어버린 산새의 울음소리, 빛나는 별빛 야광찌의 심한 흔들림의 생각으로 오랫동안 잠을 이룰 수 없었다. (1993)

24시간의 조난

대구를 출발하여 남해의 섬 추자도 우비 암에서 낚시를 시작한 지 4일째 아침이다. 잠을 깨니 6시, 바람이 세차게 분다. 철수하는 날인데 어쩐지 불안한 예감이 든다. 일기예보에 의하면 먼바다에서는 파도가 높게 일겠다고 한다.

텐트 안에 있는 짐부터 정리하고 식사는 목포행 아리랑호 선편에서 하기로 했다. 취사도구, 낚시장비, 두 개의 텐트를 모두 철거하여 배가 닿을 위치에 가져다 놓았다. 점점 파도가 높게 일고 바람이 세차게 분다. 12월말이라 눈개비가 바람과 함께 얼굴을 때린다. 우비암과 추자도를 연결하는 배가 도착해야 목포행 배를 탈 수 있는 데 도착할 것 같지가 않다.

시간은 가까워 오고 주위에는 한 척의 배도 보이지 않는다. 갯바위를 때리는 높은 파도소리에 마음은 더욱 초조해진다. 오전 9시 30분, 우비암을 출발하여 추자도까지 1시간쯤 소요되므로 지금 배가 도착해도 10시 30분에 출발하는 아리랑호를 타기 어렵다.

Y 선생은 답답하여 준비한 망원경으로 6km쯤 떨어진 추자도를 살피더니, 배의 움직임이 전혀 없다고 한다. 이때 우리가 타고 가야 할 목포행 여객선이 추자도를 향하고 있지 않는가? 높은 파도에 뱃머리가 우뚝 올라섰더니 내려가고 다시 솟아올랐다가는 파도 속에 가라앉는 모습으로 보아 항해가 무척 어려운 모양이다.

철수하는 것을 포기하고 최악의 경우 3일간 더 지체한다고 예상하여 식수와 식량을 점검하여 본다. 식수는 한 통, 식량은 하루 분이지만, 잡은 고기를 이용하면 며칠은 견딜 수 있다는 결론이다. 조금은 안심이 된다. 이곳에 생소한 K 관장은 매우 불안한 표정으로 1km쯤 떨어진 소머리섬에 정박하고 있는 두 척의 미역 채취선을 향하여 열심히 수건을 흔들어 댄다.

바람은 더욱 세게 불고 파도는 높아진다. 눈발이 날리며 우비암 주위는 어둠과 함께 최악의 기상 조건이다. 아무리 침착하게 대처하려 해도 마음이 잡히지 않는다. 갯바위에 부딪치는 파도소리가 요란스럽다.

우리가 낚시하고 있는 곳은 섬이라기보다 큰 바위에 가깝기 때문에 우비암이라고 이름이 지어졌는가 보다. 나무 한 그루 없는 바위섬으로 큰 파도가 치면 넘칠 가능성이 있다고 생각하니 더욱 초조해진다.

일행 네 사람이 힘을 합쳐서 짐을 다시 안전한 곳으로 옮기고, 텐트 하나를 설치하는 것이 제일 급한 일이라 한동안 정신이 없었다. 세워 둔 받침기둥이 세우면 넘어지고 또 세우면 넘어지기를 몇 번 반복한 끝에 겨우 설치하였다. 모두들 침낭을 새로 꺼내어 펼치고 그 속에 들어가 몸을 녹인다.

갯바위에 부딪쳐 날아온 물방울들이 텐트를 내리친다. 불안한 상태가 정오까지 계속된다. 모두들 얼굴이 노랗게 되어 걱정이 이만저만이 아니다. 기도를 몇 번이고 하여 보지만 진정이 되지 않는다. 정오가 지나 바람이 약간 조용할 때 Y 선생은 허기가 지면 큰일 난다고 하면서 잽싸게 취사도구를 챙겨 식사를 준비한다. 버너 불이 바람으로 하여 계속해서 꺼진다. 어려움 속에 겨우 마련한 식사를 하고 나니 불안감이 조금은 사라진다.

연락을 취할 수 있는 방법이 없다. 라디오를 꺼내어 일기예보에 귀를 기울인다. 이때처럼 일기예보의 중요성을 느껴 본 적이 없다. 불안감과 피로로 인하여 모두들 아무 말이 없다. 텐트 위에 떨어지는 파도소리가 요란스럽고 바닥에서 적셔 오는 냉기로 하여 바다가 더욱 무서워진다.

경험이 많은 마산 E 선생은 이런 기후는 보통이라 하면서 우리를 위로한다. 겨울 날씨는 여름과 달라 3일 이상 악천후가 계속되지 않는다고 한다. 그러므로 4일 후에는 나갈 수 있다고 말한다. 텐트가 날아갈 정도로 바람이 심하게 분다.

머릿속으로 최악의 경우가 스쳐 지나간다. 파도에 휩쓸려 바닷속으로 들어갈 수도 있을 것이고, 식량과 음료수가 떨어져 배고픔과 추위에 시달릴 수도 있을 것이다. 집에 연락이 되지 않으니 가족들의 걱정은 이루 말할 수 없을 것이다. 계속되는 파도소리와 텐트를 내리치는 파도의 물방울들로 하여 심장은 떨리고 초조감은 더욱 깊어진다. 왜 여기에 왔는지 후회스럽다.

불안한 생각과 주위의 환경이 어울려 어떻게 할 수 없는 절망감에까지 빠진다. 저녁 준비를 할 수 없어 과자와 과일로 대신하기로 했다. 저녁 11시, 새벽 3시, 새벽 5시 불안과 공포에 시달리다 일기예보를 들으니 반갑게도 먼 바다 파고가

2-3m라고 한다. 그리고 파고가 점차 낮아진다고 한다. 밤새 불안과 공포에 시달려온 우리들에게 한 가닥의 희망적인 소식이다.

새벽 6시 10분, 이윽고 어둠 속에서 배의 엔진 소리가 조금씩 들리지 않는가? 모두들 신발도 신지 않고 일제히 밖으로 뛰어 나갔다. 우리가 있는 곳을 향하여 불을 비추며 접근하길래 정신없이 살려 달라고 고함을 쳤다. 그러나 아무 대답도 없다. 자세히 살펴보니 섬 주위에 그물을 치고 돌멩이를 던져 고기들을 몰아넣는 불법 어로선이다. 전에부터 들어온 이야기지만 이런 배가 지나가면 낚시는 그만이라고 한다.

어부들은 생계를 유지하기 위한 수단이기 때문에 한가롭게 낚시하는 사람은 조금 고생하여도 좋다고 생각하는지 모르지만, 너무나 지루하고 초조한 24시간이었다. 이런 상황으로 미루어 보아 오늘은 확실히 배가 온다고 생각하니 긴장감이 어느 정도 풀어지지만 아직도 파도는 거세게 갯바위를 때린다.

다시 텐트 속의 짐을 하나 둘 챙기고 남아있는 비상식량 중 일부분을 꺼내어 아침식사를 하였다. 어제의 경험으로 텐트는 걷지 않고 기다리기로 하였다. 조금 있으니 스피커 소리가 들린다. 파도가 셀지 모르니까 빨리 철수 준비를 하라고 한다. 배가 온 것이다. 너무나 반가워 모두들 얼싸안고 눈물을 흘렸다. 텐트를 아무렇게나 걷어 배낭에 넣고 배에 옮겨 실으니 모두들 허탈감에 빠진다.

　배가 추자도를 향하여 달리니 어젯밤의 불안감은 사라지고 오늘쯤은 바닷속이 울렁거려 낚시가 잘 되겠다고 모두들 말한다. 사람의 마음도 바다 기후만큼이나 변화무쌍한 것일까?

(1985)

오랜만의 휴식

어렸을 때는 대나무 낚싯대 하나 달랑 메고 물가를 싸돌아다니기를 좋아했다. 나는 한 마리의 어린 물고기였다. 깊고 푸른 물굽이를 개구리헤엄으로 헤집고 다니며 두어길 수심 밑으로 무자맥질을 예사로 했었다.

자갈바닥에서 잡은 물벌레 미끼로 피라미를 수없이 잡았다. 지치면 피라미 중에서 제일 큰 놈을 얕은 곳으로 몰고 가힘이 빠지도록 열심히 쫓아다니면 결국 큰 돌멩이 사이에 몸을 맡기고 만다. 살며시 두 손으로 잡아 물가에 미리 만들어둔 모래웅덩이에 넣어 두었다. 잠시 휴식으로 힘을 얻은 피라미가 필사적으로 웅덩이를 벗어나려고 수면 위로 뛰어오르는 모습을 보며 즐거워했다.

비가 많이 와 벼이삭이 물에 잠길 때면 낙동강에서 새 물을 찾아 올라온 팔뚝만 한 잉어들이 꼬리지느러미를 수면 위로 드러낸 채 벼이삭 위를 헤집고 다녔다. 이때 방앗간 썩은 쌀겨 속을 뒤져 잡은 빨간 지렁이로 어리석은 메기를 수없이 낚았다.

큰 고기가 잘 잡힌다는 운수 덤에서 크게 놀란 적이 있다. 덤에는 지킴이가 있어 조심해야 된다는 말을 듣고 잔뜩 겁이 나 있을 때 갑자기 옆 돌무더기에서 큰 뱀 한 마리가 기어 나오고 있지 않은가! 순간 지킴이라는 생각이 들어 모든 것을 팽개치고 정신없이 달아났던 기억이 선명하다. 썩은 덤에서 내 사타구니 사이를 유유히 헤엄치며 놀던 큰 잉어 한 마리는 지금쯤은 용이 되어 하늘로 날아올라 갔을지도 모를 일이다.

불볕 더위 속에 대지는 불탄다. 젊음이 떠난 산골은 잡초만 무성하다. 초저녁부터 우악스럽게 울어대는 황소개구리. 수초 사이를 헤집고 노니는 붕어 떼의 지느러미 소리가 수면을 울린다.

물에 뜬 야광찌는 별이 되어 하늘로 올라간다. 흔들리는 불빛 속에 앉아 있다. 흔들리는 것은 아름답다. 찌의 흔들림, 불빛의 흔들림, 마음의 흔들림, 밤낚시에서 느끼는 삶의 한 부분이다.

찌가 스멀거리며 솟아오른다. 파르르 손끝이 저려온다. 챌까 말까! 머뭇거리고 있을 때 찌는 갑자기 옆으로 기울어진다. 내 손은 무의식적으로 대를 잡고 있다. 대 끝이 물속으로 곤두박질친다. 대가 활처럼 휜다. 고기가 요동치는 대로 왔다 갔다 일렁인다. 그놈은 도무지 얼굴을 드러내 놓질 않는다. 옆 사람이 뜰채–뜰채 하며 더 큰 소리다.

밤새 찌가 올라오고 새벽을 가르는 물안개가 수면 위로 피어오르면 간밤을 비춰주던 샛별도 영롱한 빛을 잃고 서서히 사그라진다.

오래 찾지 못했던 물가를 찾아와 낚싯대를 드리우고 있다. '마음을 비우라'는 말이 떠오른다. 온갖 상념을 모두 떨쳐낼 수야 없었지만 참으로 오랜만의 휴식이요 기쁨이었다. (1994)

기다릴 줄 아는 현명함

취미는 복잡한 생활 속에서 오는 정서적
갈등을 순화시키고 건강한 정신 상태를 유지하기 위한 수단
이다. 이 수단의 진행 과정에서 또 다른 갈등이 생긴다면 그
효용 가치는 반감되며 취미활동이 당사자에게 뿐만 아니라
다른 사람에게도 피해를 주거나 주변 사람들에게 부담감을
주게 된다면 그 취미는 다시 생각해봐야 할 필요가 있다.

대개의 취미는 끝없는 몰입을 요구하며 몰입될수록 진수에
다가가게 된다. 이상적 수준의 취미활동은 현실적 장애를 과
감히 물리치고 추진되었을 때 기쁨은 더욱 커진다. 그러나 이
러한 몰입은 취미활동이 갖는 건강한 정신 상태를 유지하기
위한 목적에서 벗어나 현실을 무시해 버리는 모순된 모습으

로 나타나기도 한다. 서로가 엇갈린 상황에서의 문제 해결은 타협이며 한쪽의 일방적 양보 때문에 가능하다.

낚시는 세속의 권태를 몰아내기 위해 더 따분하게 기다려야 하는 권태를 찾아가는 일이다. 기다리는 인내의 연습에서 낚시의 기교는 높아진다.

작은 심장으로는 감당하기 힘든 격렬성 때문에 터질 듯한 기쁨과 폭발할 듯한 환희가 있다. 기다림은 낚시의 본질이다. 기다리기에 지쳐 풋과일은 따지 않는다. 기다림이야말로 미지의 것에 대한 동경으로 가슴을 울렁이게 한다. 멍하니 앉아 찌를 바라보고 있으면 입질이 없어도 그저 즐겁다.

태공망은 중국 주나라 초기의 정치가로 때를 기다리며 곧은 낚시를 했다는 것으로 유명하다. 그는 위수 가에서 낚시하다 문왕을 만나 스승이 되고 뒤에 무왕을 도와 천하를 평정했다고 한다. 그 공으로 제나라의 제후로 봉하여져 그 시조가 되었다고 한다. 대망이 있을수록 지루하게 기다릴 줄 아는 현명함이 있어야 한다는 것이다.

낚시는 자기의식으로부터의 해방이다. 거울같이 맑은 저수지에 마주 앉아 있으면 모든 생각이 깨어있는 의식의 세계에서 서서히 침전하여 무의식과의 경계선을 넘나들게 된다.

오랫동안 찌를 쳐다보고 있노라면 머릿속이 맑아지는 느낌

속에서 뜻하지 않은 기억의 흔적들이 산들바람처럼 스치고 지나간다. 아무 맥락도 없는 연상이 잠시 꽃무늬처럼 퍼져가기도 한다. 흥분이 없어도 부처님의 원만한 미소처럼 항상 즐거울 수 있는 정신상태는 그저 찌를 보며 기다리고 또 기다리는 것에서 얻어지는 것이다. 종일 입질 하나 없이도 끄떡없이 찌를 응시하다가 손을 털고 일어설 때 짜증 내지 않는 여유를 가질 때 진정한 낚시의 묘미를 알 수 있다.

낚시인에게는 구조오작위九釣五作尉의 등급이 있다고 한다. 조졸釣卒, 조사釣肆, 조마釣痲, 조상釣燭, 조포釣怖, 조차釣且, 조궁釣窮을 거쳐 남작藍作, 자작慈作, 백작百作, 후작厚作, 공작空作 그리고 조성釣聖, 조선釣仙에 이른다고 한다.

몇 가지 등급을 살펴보면 조사釣肆의 단계에서는 낚시에 대해서라면 모르는 것이 없다는 듯 어디서든 낚시 이야기만 나오면 열을 올리기 시작한다. 입질이 온다고 말해도 될 것을 반드시 어신이 온다고 말하며 고기가 제대로 잡히지 않는다고 말해도 될 것을 조황이 별로 좋지 않다고 말한다. 능수능란하게 거짓말을 하며 옆에 앉은 사람이 자기가 잡은 것보다 큰 것을 올리거나 수확이 잦을 경우는 의기소침해지는 경우이며, 조마釣痲의 단계는 눈을 떠도 눈을 감아도 어디서든 찌가 보여서 일이 제대로 손에 잡히지 않으며 일주일에 한 번 정도라도 낚시를 하지 않으면 몸살이 나는 경우라고 할 수 있다. 조차釣且의 단계는 낚시를 쉬다가 다시 시작하는 단계로 행동도 마음도 무르익어 있다. 고기가 잡히건 잡히지 않건 상관하지 않으며 낚싯대를 드리워 놓기만 하면 고기보다 세월이 먼저 와서 낚싯바늘에 닿아 있다. 고기는 방생해 줄 수 있지만, 자신을 방생해 주지 못하는 경우라고 말할 수 있다. 과연 나는 어느 단계에 있을까?

진정한 낚시인의 사랑에는 기쁨보다 더 진한 아픔이 따르며 찌를 향한 연민의 정 때문에 아픔이 있더라도 기다릴 줄 아는 현명함이 있다.

잔잔한 호수에 하늘이 푸른색을 담그고 흰 구름도 물속에 아른거리는 선경 속에서 빨갛고 노랗고 희고 까만 색색으로 물들여진 가냘픈 찌가 오뚝 서서 살랑이는 물결에 수줍고 간지러운 양 하늘거리는 모습은 낚시인의 영원한 고향으로 남아있을 것이다. (1991)

욕지도 여록

남해 바다가 좋아 혼자 찾은 통영 연안부두,
새로 지은 여객선 터미널이 아름답다. 탁 트인 바다가 가슴
을 열었다. 은빛 물결이 좋고, 바다 냄새가 좋다. 욕지도에 간
다고 생각하니 마음이 조급해진다.

천천히 달리는 여객선이 좋다. 넉넉하게 구경하기가 좋고,
갑자기 갑판에 올라온 파도에 옷을 적시는 추억이 있어 좋다.
작은 섬들과 겹쳐서 움직이는 고기잡이배들이 아름답고, 가
까이 지나가는 다른 선박을 만나 손을 흔드는 재미가 있다.
줄지어 떠 있는 하얀 부표가 한가롭다. 창공을 유유히 나는
갈매기가 없는 바다는 바다가 아니다.

이런저런 생각에 취해 있을 무렵 어느새 욕지도에 닿았다. 작아서 아담한 포구는 남해 바다가 좋고 욕지도가 좋아 혼자 찾아온 나를 반갑게 맞이해 준다.

구석구석을 돌아볼 수 있다는 낡은 버스에 몸을 실었다. 비포장도로인 언덕을 힘겹게 오른다. 하얀 먼지가 들어오지만 창문은 열린 채 꿈쩍도 하지 않는다.

정신없이 한참을 달리니 작고 낮은 집들이 여기저기서 보인다. 부둣가도 아닌 이곳에 동네가 있어 사람들이 살고 있다는 사실이 그저 신기롭다. 언덕을 일구어 가꾼 고구마밭이 싱싱하다. 소나무가 있는 공터에서 소들과 염소가 한가롭게 풀을 뜯고 있다.

공기도 맑고 물맛이 좋으며, 탁 트인 바다를 원 없이 볼 수 있으며, 언제나 위대한 자연의 모습을 그대로 느낄 수 있어 좋다. 욕심이 없으면 행복이 가득한 섬이다. 살기 좋은 세상 모든 혜택을 떨쳐 버리지 못하면 욕지도의 행복을 느낄 수 없다.

나를 내려놓은 버스가 데리러 온다는 기약도 없이 산모퉁이를 돌아가 버렸다. 구불구불한 산길을 돌아서 반달 같은 해안선을 따라 걸었다. 잔잔한 파도가 밀려와 수많은 모래알과 주둥이를 맞대고 섞이고 있다. 해안가 언덕을 메우는 소나무와 잡목들이 울창하다. 갑자기 찾아온 불청객에 놀란 새들이 황급히 달아나 버린다. 산뜻한 공기를 마시면서 기분 좋게 섬 구경을 하고 있으니, 멸치를 터는 뱃사람의 애틋한 노랫소리가 가슴을 저리게 한다.

그림 같은 욕지도에 취해 있다 언젠가 떠나야 할 한 마리의 철새가 된다. 별빛과 달빛에 잠 못 이룬 밤이 지나고 여명의 일출에 나는 작은 모래알이 되었다.

일상으로 돌아와 짜증나는 일이 있어도 욕지도만 생각하면 살아 펄떡이는 생선처럼 힘이생긴다.

푸른 바다를 원 없이 볼 수 있고 조용한 행복이 있는 욕지도를 그리는 마음은 언제나 변하지 않으리라! (1993)

금산재 마루에 오르면

외양간 암소는 눈알을 껌벅이고 마루 밑 강아지는 게으름을 피운다.
앞마당 장닭이 황금 깃털을 뽐낸다. 제 집 찾은 제비가 반갑다.
노고지리 지저귄다. 여울 타는 피라미는 힘이 붙었다.
뻐꾸기 울음이 외롭다. 개울 빨래터에는 방망이 소리 요란하다.
살구는 노랗게 익고, 두꺼비는 느릿느릿 기어간다.
- 〈고향은 아름답다〉

길은 언제나 그곳에 있었다

　　　　　발길 닿는 대로 걸었다. 아는 길도 걸어 보고, 모르는 길도 걸어 보지만 길은 언제나 그곳에 있었다. 걷고 싶은 길도 있었지만 그렇지 않은 길도 있었다. 걸어서 기분 좋은 길이면 오래오래 기억되는 길이 되었다.

　내게 아직도 선명히 남아 있는 길은 어린 시절에 걸었던 고향 산길이다. 그때는 땔감이 나무였기에 구하는 일이 여간 어렵지 않았다. 집 가까운 산은 나무가 없는 민둥산이었다. 멀리 떨어진 산에 가야 나무를 구할 수 있었다. 아침 일찍 모여 나무하러 가는 일이 하루 일과 중 가장 중요한 부분이었다. 아침 일찍 출발해야 돌아올 수 있는 먼 길이기에 여러 명이

같이 가는 것이다. 먼 길이기는 해도 길을 잃어버릴 염려 없이 산길이 나 있었다.

나무가 적어 먼 산들도 잘 보였으며, 키 작은 들꽃이며 고사리들도 지천에 널려 있었다. 운 좋은 날이면 산토끼를 만날 수도 있었고, 노루 가족도 만날 수가 있었다. 떼를 지어 날아다니는 꿩 무리도 종종 볼 수가 있어 산길 걷는 것이 좋았다.

지금은 고향 산들이 울창한 숲으로 뒤덮여 산길도 흔적 없이 사라져 버렸다. 옛길을 복원하여 다행스럽게 생각하지만 기억 속에 남아 있는 고향 산길의 냄새는 나지 않는다.

고향을 떠나 객지에서 학교생활을 할 때의 등하굣길이 생각난다. 어지간한 길은 걸어서 다녔기에 지금과는 완전히 다른 느낌이었다. 친구들을 만나 이런저런 이야기를 할 수가 있어 좋았다. 걸어서 몇 분이면 도착할 수 있는지도 정확히 알고 다닌 기억이 생생하다. 지금과 비교해 보아도 걸어 다닌 그때가 더 아름다웠다는 생각이 든다.

버스를 타면 그때 생각이 난다. 버스는 같은 목적지로 가는 사람들이 타고 있기에 정을 느낄 수가 있어 마음이 편안해진다. 편리한 세상이 되었지만, 산에 가서 나무를 해 오고, 걸어 다닌 그때가 그립다.

모든 것이 편리해지고 빠르게 돌아가니 자신은 사라지고,

정도 없고 규칙만 있는 시대가 되었다. 꿈에도 나는 길을 걷는다. 꿈이 아름다우면 꿈 속에 머물고 싶다. 걸어간 만큼 제자리로 돌아오려면 그만큼 힘이 든다. 혼자 걷는 길은 사색하는 길이 되지만, 여럿이 걷는 길은 의지와는 상관없이 계속 걸어야만 하기에 좋아하지 않는다.

직업에도 길이 있다. 한 가지 일에만 매달려 평생 걸어가는 길이 있는가 하면, 여러 번의 시행착오를 거쳐 가는 길도 있다. 자신이 좋아하는 길이면 행복한 길이 되는 것이다.

행복을 주는 직업을 가진 사람들은 행복한 사람들이다. 본인의 적성과는 상관없이 수입이 많다고, 다른 사람들로부터 존경받는 직업을 가진 사람들이라고 다 행복한 사람은 아니다. 자신을 알아주고 행복하게 근무할 수 있는 것이 좋은 직업인 것이다.

같은 길을 수없이 걷다 보면 눈을 감고서도 어디쯤 가고 있는지 알 수가 있다. 이는 처음 걸어 본 사람은 알 수 없는 것이다. 한 우물을 파든지, 한 길을 가는 노력이 계속되면 목적을 이루어 자신만이 가질 수 있는 행복과 보람을 얻을 수 있다.

언제나 길은 그곳에 있지만, 행복을 만들어주기도 하고 불행을 만들어 주기도 하였다. (2016)

금산재 마루에 오르면

　　　　　　금산재 마루에 오르면 우뚝 솟은 주산 밑
에 아담하게 자리하고 있는 고령이 내려다 보인다. 회천이 가
운데로 흐르고 멀리 가야산 봉우리가 자리잡고 있는 아담한
고을이다. 넓지는 않지만 기름진 논밭은 가뭄을 모르고 여러
가지 농작물들이 잘도 자란다.

　고대로 거슬러 가보면 찬란한 문화를 꽃피우고 번창하였
던 자랑스러운 곳이기도 하다. 가야금을 만드신 우륵 선생이
태어나신 정정골이 있으며 여섯 가야 중에서 제일 번창하였
다고 하는 대가야국의 도읍이기도 하다.

　신라의 고분들은 대체로 평지에 있는 데 비하여 이곳의 고분들은 주산 봉우리에 널찍하게 자리를 잡고 있다. 출토된 금빛 찬란한 금관과 토기류, 마구류, 갑옷 등은 국보로 지정되어 용맹스러웠던 가야인의 기질과 예술적인 솜씨를 보여 주고 있다. 또한, 지산동에 자리한 고분 벽화의 예술성과 희귀성이며 삼한의 시대상을 밝혀주는 양전동의 암각화 등은 우리나라의 주요 사적으로 지정되어 있다. 가야 시대 궁궐에서 사용했다는 왕정이라는 우물이 지금도 고령 초등학교 한복판에 자리하고 있다.

가야산 줄기에서 내려오는 계곡물이 모여 흐르는 회천, 물이 맑기로 유명하며 깨끗한 자갈과 모래를 자랑한다. 맑은 물속에서만 자라는 은어는 이곳 특산물 중에서 제일로 꼽힌다. 몸 빛깔이 은백색이며 크기 또한 대단하여 전국에서 명성을 떨치고 있다.

배수가 잘되는 회천의 동쪽은 사과밭이 조성되어 있다. 여름철에는 매미들의 우렁찬 합창이 들려온다. 땅콩밭 사이에 둥지를 틀고 하늘 높이 올라 목청껏 노래하는 종달새도 볼 수 있다.

회천의 서쪽은 오래전부터 전통적으로 재배하여 오는 대파밭이 펼쳐져 있고 겨울에는 이곳의 지온이 다른 곳보다 높아 잘 자라는 안림 딸기는 맛이 좋기로 유명하며 성주의 수박,

논공의 참외와 함께 그 이름을 전국에 떨치고 있다.

맑은 물을 좋아하는 먹지, 꺽지, 피라미, 모래무지 등 수많은 민물고기들이 서식하고 있어 해인사로 가는 관광객들에게 민물고기의 산뜻한 맛을 선보이기도 한다.

우리나라의 큰 사찰 중의 하나인 가야산 해인사를 찾는 사람들은 대부분 이곳을 거쳐 가기에 연중 차량 행렬이 붐비는 곳이기도 하다. 누구나 고향의 진한 아름다움을 간직하고 있지만 나는 내 고향이 정말 자랑스럽다. 경북에서 가장 작은 군청 소재지이지만 대가야국의 도읍으로 뿌리 깊은 고을이고 언젠가는 다시 돌아가야 할 고향이기 때문이다.(1984)

고향 산천

　　가슴속에 남아있는 고향 산천은 언제나
아름다운 곳이다. 오동나무 가지에 붙어서 하루 종일 노래해
준 매미가 생각난다. 맑은 냇가 모래 속에는 자라가 살고 있
었다. 집게발이 길어서 곧장 알아볼 수 있었던 징거미도 살았
다. 소리에 놀란 모래무지가 제 몸 감추기에 바쁘다. 반짝이
는 여울길을 숨 가쁘게 오르기를 좋아하는 무지개피라미며,
맑고 깊은 물을 좋아하는 은어가 떼를 지어 살았다. 종달새는
냇가 모래 밀밭 높이에 떠서 하루 종일 노래하였다.

　　동네 뒷산에는 산토끼 가족이 살고 있었다. 잠자리를 찾아
날아오는 비둘기들이 장관을 이룬 대나무 숲도 있었다. 양지

바른 숲속 공터에는 꿩들이 떼를 지어 놀았다. 먼 산에 뛰노는 노루 가족도 있었다. 동네 사람 모두를 떨게 만들었던 늑대들도 살고 있었다. 사람 혼을 빼앗아 간을 빼 먹는다는 간사한 여우 이야기로 밤이 참 무서웠다.

초가지붕을 집으로 삼아 살아가는 참새들도 많았다. 제비 가족도 처마에 집을 지어 새끼를 키웠다. 홍수로 논이 잠길 때면 새 물을 찾아올라 온 팔뚝만 한 잉어들이 꼬리를 물 밖으로 내밀어 물살을 가르는 모습이 장관을 이루었다. 갈증이 나면 냇물을 그대로 마시지만 배탈 한 번 나지 않았다. 노래하는 여치를 잡아 밀짚 통에 넣어 매달아 노래를 들었다. 맑고 깨끗했던 고향 산천의 모습이다.

원두막에서 먹었던 참외와 수박 맛을 지금도 잊을 수가 없다. 초등학교 교정에는 대가야 시대부터 사용되었던 우물이 있었다. 주산에 웅장한 고분군들이 있어 오랜 역사가 살아 숨 쉬는 팔만대장경이 있는 천년고찰 해인사.

회천 모래밭에서 자란 땅콩은 굵기와 맛으로 전국 각지에 알려진 명물이다. 가야금을 만든 우륵 선생이 태어나 자란 정정골과 한반도 남쪽에서 최초로 발견된 고아동 고분벽화, 양전에는 원시인들이 바위에 조각해 놓은 암각화가 있다.

고령을 찾기 위해서는 반드시 넘어야 했던 험한 금산재는 한번 본 사람들이면 잊을 수가 없다고 한다. 금산재 정상에 오르면 주산 밑으로 펼쳐진 읍내 모습을 한눈에 볼 수 있어 이곳이 왜 대가야국의 수도가 되었는지를 알게 된다. 김유신 장군과 우륵 선생이 태어난 유서 깊은 곳이기도 하다.

철기 시대를 연 곳도 이곳이며, 철을 제련한 마을로 알려진 야로가 이웃에 있다. 주산 능선에 자리한 수많은 고분에서 출토된 금관은 국보가 되었으며, 각종 토기며, 철제 마구들이 화려했던 대가야국 시대의 역사를 말해주고 있다. 고려장이 시행되었던 그때의 순장묘를 재현하여 놓은 왕릉전시관도 주산 중턱에 있다. 도자기를 굽던 가마터가 발견되었고 찬란했던 도자기 기술이 일본으로 건너가 최고의 기술이 되었다.

고향 산천의 맑고 깨끗한 아름다움은 대가야국의 찬란한 문화와 더불어 자랑스러운 추억과 행복이 되어 주었다. (2015)

별 속에 묻히다

고향 밤하늘에는 별들이 가득하다. 크게도 반짝이고 작게도 반짝인다. 밤하늘의 끝을 아무리 찾아보아도 찾을 수가 없다. 북두칠성 옆으로 북극성이 보인다. 으뜸 크기로 금성이 보이고, 흰 가루를 뿌려놓은 은하수가 아름답다. 빛으로 선을 그으며 별똥별이 지나간다.

별 속에 묻어 둔 내 기억들을 더듬어 보았다. 별을 헤아리며 잠들었던 어린 시절, 같이 살았던 할머니와 할아버지, 고모와 삼촌이 생각난다. 장손이라 하여 무척이나 챙겨 주셨던 할머니와 할아버지는 엄하고 자상하셨던 분들이다.

고모와 삼촌들도 나를 퍽이나 아껴 주셨다. 방학이 되면 멀리 출가한 고모를 만나기 위해 기차를 타고 고향 떠나는 즐거움으로 가슴이 설레고 있었다. 동네 친구들과 놀다가 다툼이 생기면 삼촌은 내게 큰 힘이 되었다.

외양간에서 키운 누런 황소도, 우리 속의 돼지도, 마당에서 모이를 줍던 닭들도, 가족들을 지켜주고 반겨 주었던 누런 강아지도 생각난다. 황소와 돼지가 좋아하는 풀을 한 아름 베어다 외양간과 우리에 넣어 주면 꼬리를 흔들어 고맙다는 인사를 해 주기에 시간 나는 대로 즐겁게 풀을 베었다. 쌀독에서 쌀 한 주먹을 집어다 닭들에게 모이로 주면 우르르 몰려와 쪼아 먹는 모습을 보는 것이 참으로 즐거웠다. 뼈다귀를 챙겨 주면 꼬리를 흔들며 좋아하던 누런 강아지의 모습이 눈에 선하다.

모두가 별 속에 묻어 둔 아름다운 기억들이다. 고향 밤하늘에는 언제나 별들이 가득하다. 흘러간 세월을 되돌려 그 별 속에 묻히고 싶다. (2017)

오랜만에 만나본 제비 가족

어릴 적 고향 마을에는 집집마다 제비집이 있었다. 긴 겨울이 지나고 봄이 왔다는 소식을 확실하게 전해 주는 반가운 제비. 다시 찾아와서는 마을 창공을 휘저어 날아 다니다 바로 작년에 살았던 집을 정확하게 찾는다.

그다음 제비들이 하는 일은 암수가 몸을 움직여 새끼를 키 웠던 둥지를 고쳐 쓰기도 하고, 새 둥지를 다시 만드는 일이 다. 작은 입으로 잘 반죽된 흙을 수도 없이 물고 와 한 단 한 단씩 쌓아 올려놓는 모습을 바라보고 있으면 놀라지 않을 수 가 없다. 먼 곳에서 겨울을 난 후 정확한 때를 맞추어 자신이 살았던 마을을 어떻게 찾아오는지도 궁금하다.

작년에 살았던 집 가족들이 친근하고 안전하다는 것을 알고 천장이 낮은 처마 안쪽에 둥지를 마련한다. 드나들 때마다 제비들과 얼굴을 마주하게 되니 서로에게 가족이나 다름이 없는 존재들이다.

집을 다 지었다고 생각이 들 때쯤이면 암수가 번갈아 가면서 둥지에서 나오지 않는다. 알을 낳아 품고 있는 중이다. 시간이 흘러 갓 부화되어 노란 주둥이에 털 없는 새끼들의 소리가 날 때쯤이면 어미들이 번갈아 바쁘게 움직인다.

부리로 곤충을 물고 온 어미새는 먹이를 빨리 달라고 외쳐 대는 새끼들에게 골고루 나누어 먹여주고, 새끼들의 하얀 배설물을 주둥이로 물어 멀리 내다 버리기를 반복하는 정성이 우리네 삶과 닮아 있다. 마당을 가로질러 매어진 빨랫줄 위에서 잠시 쉬는 순간이 그들에게 주어진 전부라는 생각이 들었다.

정성을 다하여 키우고 있던 새끼들이 제법 어른 제비 몸집이 될 때쯤이면 둥지가 비좁아 스스로의 날갯짓으로 마당 빨랫줄까지 날아오는 날이 온다. 이제 양육 기간이 얼마 남지 않았다. 둥지에서 새끼 제비들이 다 나오는 날이 되면, 멀리 날아가는 연습을 하고, 스스로 먹이를 구하는 연습을 하며 어른 제비가 되어 간다. 스스로 먹이를 구할 수 있는 어른 제비가 되었어도 밤이 되면 부모 제비를 따라 가족 모두가 자란 집으로 찾아와 다 같이 밤을 보낸다.

동네 어귀 전깃줄에 제비들이 떼를 지어 앉아 있으면 가을이 끝나고 곧 겨울이 다가온다는 것을 알 수 있다. 어느 날 갑자기 제비들이 보이지 않으면 모두 따뜻한 곳으로 떠나간 것이다.

일 년을 한 가족이 되어 정을 나누며 생활한 제비들의 떠남이 나를 쓸쓸하게 만들었다. 정을 가슴에 남기고 떠난 제비, 가족을 잊고 살아온 세월이 얼마나 흘렀을까. 얼마 전 집에서 가까운 도원 저수지 식당 처마에 집을 짓고 새끼를 키우는 제비 가족을 만났다. 고향의 제비는 아니지만, 오랫동안 잊고 지낸 고향 집 제비 가족을 본 듯 정이 되살아나 마음이 따뜻해진다. 제비 가족을 보기 위해 자꾸 그곳을 찾아간다. (2016)

고향 초등학교 동창회

　　　　　　　매년 광복절에는 고향 초등학교 동창들을
모교에서 만난다. 오랫동안 만나지 못한 친구들 중에는 얼굴
을 잊어버려 한참 동안 생각해야 하는 경우도 있다. 키 작았
던 친구는 키 큰 친구로 변해 있고 허약했던 친구가 뚱뚱한
친구로 변해 있으니, 여간 어지러운 일이 아니다.

　지긋지긋하게 고생한 어린 시절이건만 모두 아름다운 추억
이 되었다. 넓은 운동장이며, 울타리에 수북이 피어있는 코스
모스의 아름다운 모습이 생각난다. 운동장은 대가야국의 왕
궁이 있었던 자리이며 운동장 한쪽에는 왕정王井이 있어 우리
들은 물론 학교 근방 아주머니들이 쪽박으로 퍼 올려 소중하

게 사용하였으며 물맛이 좋았다. 현재는 사용하지 않지만 여전히 수량도 풍부하고 깨끗하여 사용하는 데 전혀 지장이 없다고 한다.

그때 모습이 없어지고 모교의 모습이 달라졌으나 두 그루의 고목과 왕정이 남아 자리를 지키며 추억과 꿈을 되새겨 준다.

군청 소재지에 자리한 모교는 두 학급이 입학하여 6년 동안 만나고 헤어지고 하여 모두가 친한 친구였다. 6·25사변이 일어난 직후에 다닌 초등학교 시절이었기에 가난했다는 기억만이 철저하게 각인되어 있다. 하얀 쌀밥을 실컷 먹고 싶었다. 꽁보리밥에 오이장아찌를 넣어 도시락을 싸 오는 아이는 잘사는 아이다. 점심을 먹지 못하는 아이가 더 많았다.

할아버지가 잡수시는 밥에만 쌀알이 드문드문 있고 우리들이 먹는 밥은 꽁보리밥이었다. 된장국에 비벼서 먹을 때는 꿀떡 소리가 난다. 보리밥이라도 실컷 먹는 것이 소원이었다. 먹을 수만 있다면 무엇이라도 먹었다. 부잣집은 나락 두지가 크고 가난한 집은 나락 두지가 작다. 크든 작든 나락 두지가 있는 집이 정말 부러웠다.

1학년 때 구호물자로 나온 물건을 선생님께서 나누어 주었는데 나에게 돌아온 것이 투명한 구슬 두 개였다. 구슬 속에 예쁜 무늬가 있어 기뻤다. 소중히 여기느라 마음대로 가지고 놀지도 못했다. 학교에서는 구호물자로 나온 분유를 끓인 다음 한 컵씩 나누어 주었다. 한 봉지씩 나누어 준 분유를 입에 넣어 먹다가 목이 막혀 혼난 기억이며, 옥수숫가루로 만든 노란 떡을 한 개씩 받아 맛있게 먹었던 기억도 떠오른다.

학생은 물론 어른에 이르기까지 몸속에는 회충이 많았다. 회충약을 먹는 날에는 아침을 굶고 등교하여 담임 선생님이 직접 약을 나누어준 다음 먹는 것을 확인하셨다. 그날은 모두의 얼굴이 노랗게 변해 있었다.

무더운 여름밤에는 집 앞 도랑가에 무성하게 자란 잡초를 한 아름 베어 와 모깃불을 놓고 누워 밤하늘에 보석처럼 빛나는 별들을 헤아렸던 기억이 새롭다.

도들도들 돋아난 땀띠를 죽인다고 찬물 흐르는 개울에 몸을 담그고 오들오들 떨었던 기억이며, 늑대를 잡았다는 소문을 듣고 밖으로 나오지도 못하고 떨었던 기억도 난다. 모두가 아름다운 추억이다.

짚단으로 집을 만들어 놓았던 그때는 가난했지만 이웃 간에 정이 깊었다. 재미있게 놀았던 친구 중에는 없어진 얼굴도 있고, 마음은 여전히 그 시절 초등학생이지만 머리는 반백의 아저씨가 되었다.

넓게 보였던 운동장은 손바닥만큼 작게 보이고 코스모스가 핀 울타리 밖에는 고층아파트가 서 있고 땀띠를 죽이던 개울은 흔적없이 복개되어 버렸다. 기억 속에 아름답게 남아 있는 고향의 모습은 찾기 어렵다. 나이 들수록 고향이 그리워지고 친구가 보고 싶어지는 것이 만고의 진리라는 것을 이제야 알 것 같다.

만나고 싶은 마음은 희망 사항에 불과하고, 해가 지날수록 만날 수 없는 친구가 더 많아지고, 고향의 모습은 하루가 다르게 변해 간다. 친구들이 더 없어지기 전에, 고향이 더 변하기 전에 초등학교 동창생들을 만나고 고향의 옛 모습을 조금이라도 볼 수 있는 동창회에 꼭 참석하리라고 다짐하여 본다.

(1996)

회천 냇가

땡볕이 대지를 달구는 한낮을 피하여 해가 서쪽 주산으로 넘어가 어두워지면 우리 가족 모두는 저녁을 서둘러 먹고 오 리쯤 떨어져 있는 회천으로 미역하러 간다. 회천에는 다른 가족들도 많이 나와 미역을 감는다. 남자들이 감는 곳과 여자들이 감는 곳이 따로 떨어져 있으나 소리로 의사를 전달할 수 있는 곳이다.

어둡기 때문에 물속에 들어가기전에 옷을 벗어 놓은 곳과 물위로 올라오는 곳을 반드시 알아두어야 낭패가 없다. 목이 마르면 냇물을 그냥 먹어도 아무 탈이 없었다. 돌아올 때 찔레꽃 냄새, 참외 향기, 여치의 울음소리가 나의 코와 귀를 즐겁게 해 주었다.

빨랫감이 많을 때에도 어머님께서는 우리들을 데리고 회천으로 갔다. 씻은 빨래를 받은 우리는 깨끗한 자갈 위에 널어 말린다. 날아가지 않게 깨끗한 돌멩이로 눌러 놓고 마를 때까지 고기잡이와 종달새 집 찾기를 하곤 했다. 어린 여동생이 빨래 흉내를 내다가 낭패를 당해 꾸지람을 들은 것도 지금은 아름다운 추억으로 남았다.

제방 위에서 물속을 살펴보면 고기 떼들이 상류 쪽으로 거슬러 올라가는 모습을 볼 수 있다. 고기 떼 중에 제일 큰 먹지를 골라 막대기로 얕은 모래밭 쪽으로 몰면서 빠르게 쫓아가면 힘이 빠져 숨을 곳을 찾아 허둥댄다. 이때 막대기를 먹지 쪽으로 놓으면 숨을 곳을 찾아 지느러미를 흔들며 손안으로 들어온다. 손바닥으로 전해오는 촉감과 잡았다는 기쁨은 지금도 잊을 수 없다. 물가에 모래 웅덩이를 파고 먹지를 놓아두면 기운을 차린 먹지가 무지개 등비늘을 자랑이라도 하듯 열심히 헤엄친다. 그러다가 모래 울타리로 뛰어 올라 허둥대다 다시 웅덩이 속으로 들어가는 것을 보는 재미도 여간 즐거운 일이 아니었다.

고기를 잡다 싫증이 날 때쯤이면 하늘에서 노래하는 종달새가 우리를 즐겁게 한다. 종달새가 노래하는 바로 밑에는 반드시 둥지가 있게 마련이다. 키 큰 밀밭에서 종달새 집을 찾는 것은 식은 죽 먹기보다 쉬웠다. 정신없이 놀다 보면 어머님이 우리를 부르는 소리가 들린다.

빨래를 다 챙긴 어머님께서는 우리를 불러 모아 납작한 돌멩이로 우리들의 몸을 씻어 주셨다. 살갗은 아프고 따가웠지만 느낌은 좋았다. 어머님과 함께 돌아오는 길은 우리들의 가슴속에 영원히 남아 있지만 어머님은 계시지 않는다.

거울같이 맑은 물과 보석처럼 빛나는 모래와 조약돌이 지천으로 깔려있는 회천에 가을이 오면 꽁치만큼 자란 흰 입술의 은어는 수박 향을 내뿜으며 떼 지어 올라온다. 이럴 때면 오리발과 초망을 들고 은어를 잡는 사람들로 회천은 늘 붐볐다. 가뭄이 들어 농사에 지장이 있으면 오일장이 어김없이 회천 냇가에서 열렸다. 이날은 온 마을의 잔칫날이나 다름이 없었다. 회천다리에서 내려다본 장의 모습은 인근에서 모인 사람들로 북적인다.

지금의 회천에는 미역 감는 아이도 빨래하는 어머니도 없다. 거울같이 맑은 물, 반짝이는 모래와 조약돌도 없다. 하늘 높은 곳에서 지저귀는 종달새는 더더욱 찾을 수 없다. 산은 옛 모습이지만 그때 산이 아니고 구름도 그때 구름이 아니다.

그러나 나는 그때의 생각을 하고 있다. 고향을 떠난 40여 년의 세월은 언제 흘러갔는지 옛날 고향의 흔적은 어디에서도 찾을 수가 없고, 땅을 보니 현기증만 난다. (1998)

까치 소리

까치 소리가 요란하다. 도심에서는 보기 힘든 매 한 마리와 까치 두 마리가 쫓고 쫓기는 상황이다. 25m를 족히 넘는 우람한 아파트 굴뚝 위 사다리에 까치집으로 보기에는 큰 규모의 새집이 지어져 있었다. 까치가 매의 집을 차지하기 위하여 공격하는 것인지, 매가 까치집을 차지하기 위하여 공격하는지 궁금하였으나 시간이 없어 그냥 지나쳤다.

며칠이 지난 후 굴뚝 위 새집을 살펴보니 매가 보금자리를 틀고 있었다. 정말 신기한 모습이다. 어떻게 먹이를 구하여 새끼를 기를 것인가 걱정이 된다. 매는 새끼를 기를 수 있다고 생각하여 둥지를 틀었을 것이고 매와 까치가 자리 다툼을

한 것임을 알 수 있었다.

까치는 가까이에서 어릴 때의 아름다운 기억을 생각나게 한다. 고향을 떠올릴 때면 동네 어귀 개울가 미루나무 높다란 곳에 집을 짓고 재잘대는 까치 모습을 빼놓을 수 없다. 제사를 지낸 어머님은 까치밥을 챙겨, 짚으로 덮은 담 위에 놓아 두었다.

봄이면 보리밭 위쪽 하늘 높이에서 아름다움을 노래하는 종달새며, 자갈밭 사이로 쏜살같이 달아나는 귀엽게 생긴 도마뱀이며, 개울 돌 밑에 숨어서 나를 즐겁게 해 준 징거미며, 갈대 끝에 사뿐히 앉아서 그네 타는 잠자리 모습들이 하나둘 우리 곁을 떠나고 있다.

매가 바람을 타고 빙글빙글 날고 있으면 놀란 참새들은 떼를 지어 탱자나무 가지 속으로 바쁘게 몸을 숨긴다. 지금은 그런 모습을 볼 수 없다. 까치가 집을 지을 만한 높다란 나무가 도심에는 별로 없다. 생각다 못한 까치들이 찾아낸 곳이 전신주 꼭대기였지만 번번이 부서지고 만다.

우연히 듣게 된 까치 소리로 아름다운 기억이 살아나고, 창문을 열고 차를 달리니 향기로운 아카시아 냄새가 계절을 알려 준다. 마음의 여유를 갖고 자연을 벗 삼아 자유롭던 어린 시절로 되돌아가고 싶다. 빈틈없이 바쁘고, 편리하지만 마음의 여유가 없는 지금의 생활이 싫다. 현재의 생활에는 내가 없다. 세상의 큰 흐름에 순응하지 않으면 낙오자가 된다. 가끔은 낙오자가 되어도 좋으니 나만의 의지로 생활하고픈 마음이 불꽃처럼 피어나다가도 직장과 가족들을 생각하면 끝내 불꽃은 타오르지 못하고 숨은 불씨가 되어 가슴속에 묻히고 만다.

까치마저 우리 곁을 떠나게 되는 날 우리는 너무나 많은 것을 잃어버릴 것이다. 오래오래 우리 곁에 남아서 더불어 살아갔으면 하는 바람이다. 감나무 가지에서 재잘거리다가 훨훨 날아 마당 한구석에서 깡충깡충하며 참새와 장난치는 까치들의 모습을 오래도록 보고 싶다. (2014)

단골 식당

앙상한 가지에 매달려 떨고 있는 나뭇잎에 차가운 겨울비가 내린다. 따뜻한 보리차로 추위를 달래 준 인연으로 단골이 된 식당이 문득 떠오른다. 주인의 손맛이 배어 있는 맛있는 음식과 따뜻한 정이 녹아 있는 식당으로 지금까지도 잊지 않고 찾아가는 곳이다.

단골이 된 식당들 대부분이 다른 식당에서는 느낄 수 없는 특별한 음식이 있으며, 첫 만남의 분위기가 좋았던 곳이다. 소중한 사람들과 함께 가야 할 때도 가장 먼저 생각나는 곳이며, 좋은 분위기에 살아 움직이는 생동감이 있어 더더욱 좋은 곳이다.

사람을 가려 대하지 않아 누구든지 정을 느낄 수 있는 집이다. 어릴 적 할머니와 어머니가 즐겨 만들어 주시던 두부 된장국이 나오는 집이 있는가 하면, 젓갈의 구수한 감칠맛이 배어 있는 김치가 나오는 집이, 푸짐한 호박잎과 깻잎, 우엉 잎으로 쌈밥을 먹을 수 있는 집도 있다.

속이 시원한 맑은 동치미가 나오는 집도 있고, 간이 적당한 간장게장이 나오는 곳도 있고 돼지감자와 들깨로 시래깃국을 걸쭉하게 만들어 내는 집도 있었다. 달콤한 호박 감주를 후식으로 내어 주기도 하고 바다 냄새가 가득한 볼락으로 빚은 식감이 좋은 식해를 내어주는 집도 있다.

비지 맛이 좋은 집이 있는가 하면, 야채가 푸짐한 보리밥집도 있다. 단골이 된 식당들 대부분이 가난하고 배고팠던 시절에 맛있게 먹었던 음식들의 추억을 생각나게 하는 반찬이 한가지라도 나오는 곳이다. 세월이 흐를수록 고향이 그리워지는 마음이 깊어져 자신도 모르는 사이에 고향의 맛을 느낄 수 있는 식당을 찾게 되었는지도 모른다.

단골 식당 중에는 팔공산 동화사로 가는 길목에 자리하고 있는 한 돌솥정식집이 있다. 주인이 직접 길러 가져다 놓은 반찬 재료들이 항상 수북이 쌓여 있는 곳이다. 열무, 풋고추, 가지, 오이, 상추와 쑥갓, 미나리와 배추가, 호박과 표고버섯이, 싱싱한 대파가 가득하다. 단골손님들이 원하면 넉넉하게 싸 주는 따뜻한 인심이 있는 곳이다. 싱싱한 재료들로 만드니 제철 반찬이 풍성하게 나온다. 주인이 직접 만들어 내는 손맛과 정성이 더해지니 어찌 맛이 없을 수가 있겠는가.

제철 채소로 만든 반찬과, 주인이 직접 담근 된장으로 끓인 찌개에 우엉잎으로 쌈을 먹으면 잃었던 입맛이 되돌아온다. 어떤 날은 먹음직하게 구운 통통한 꽁치가 나오고 어떤 날은 작지만 맛 좋은 조기가 나오기도 한다.

봄철에는 상추, 쑥갓, 청정 미나리가 대바구니에 수북하게 담겨 나온다. 여름철에는 먹음직한 가지 무침이, 시원하고 맑은 열무김치가 나온다. 짭짤한 된장국이며, 짜지 않게 무친 깻잎과 싱싱한 다시마를 멸치 젓갈에 찍어 먹는 즐거움도 있다.

맛이 좋아 일찍 비워져 있는 그릇이 보이면 어김없이 종업원이 다시 채워준다. 식사를 다 마치고 후식으로 나오는 감주는 더운 날이면 시원하게, 추운 날이면 따뜻하게 나오니 더할 말이 없다. 잡곡을 적당히 넣어 만든 돌솥정식은 이곳 반찬들과 어울려 대표적인 메뉴가 되어 이 식당을 유명하게 만들어 주었다.

내가 좋아하는 단골 식당들 대부분이 바로 이런 곳이다. 도심에 가까이 있어 좋고, 동행하는 사람들에게는 부담이 없어 좋고, 남녀노소를 막론하고 다들 만족해하는 그런 식당이라서 더더욱 좋아하는 곳이다.

사는 재미를 느끼게 하는 단골 식당이 있어서 나는 행복하다. (2017)

산소 돌보기

여름이 끝나고 가을이 오면 산소 벌초 때문에 신경을 많이 쓴다. 아버지가 어릴 적에 돌아가셔서 나이가 어렸지만 장손으로서 사촌들보다 더 관심을 가져야만 했다. 세 분의 삼촌들이 살아 계셔서 시키는 대로 하면 되었기에 큰 어려움은 없었다.

그러나 세월이 흘러 두 분의 삼촌이 돌아가시고 나이가 많으신 삼촌 한 분만 남아 계시기에 지금부터는 사촌들이 책임을 지고 벌초하는 것과 집안 대소사를 의논하여 처리하지 않으면 안 되게 되었다.

삼촌들이 살아 계실 때는 추석 보름 정도 앞 편리한 날을 받아 모두들 모여서 함께 벌초를 해 왔다. 자손들 중 대부분이 객지로 나가 생활을 하고 있기에 산소에 함께 모여 벌초하기가 점점 어려워졌다. 집안이 모여 의논한 결과 돌아가면서 순번을 정하여 벌초하는 방법으로 결정을 하였다. 매년 벌초하는 부담을 줄이고 4년마다 한 번 하기에 자기 차례가 오면 최선을 다하는 결과를 가져오게 되었다. 가족이 직접 벌초하는 경우도 있고 전문으로 하는 사람을 고용하여 하기도 했다.

몇 해 전부터는 벌초하는 면적을 줄이기 위한 노력으로 멀리 흩어져 있는 산소는 화장을 하여 한 곳으로 모시기 위해 납골묘역을 조성하기로 의견을 모았다. 좋은 날을 받아 공사를 완료하였다. 이제부터는 모두가 화장을 하여 조성해 놓은 곳에 모시기로 의견 일치를 보니 산소가 한 군데로 모여 벌초나 성묘하는 불편함이 없어지게 되었다. 면적도 줄어들었고 관리하는 번거로움도 많이 줄어들었다.

벌초하기가 수월해졌으니 납골묘역 주위의 벌초는 매년 할수밖에 없다. 이곳을 찾는 가족들이 한곳으로 모이기 때문에 조성하기 전보다 훨씬 더 관심을 갖게 되었다.

산소를 자주 찾아가 보면 무엇이든지 할 일이 있다. 찾아오는 사람이 많아지니 더 관리가 잘 되었다. 옛 조상들은 사후 망자를 위하여 묘역 근처에 움막을 짓고 삼 년 동안을 정성을 다하여 산소를 관리하였다고 하는 것을 이제서야 조금이나마 알 것 같다.

　나는 조상들처럼 산소에서 망자를 생각하면서 삼 년을 보내지는 못할망정 시간이 나는 대로 산소를 찾아가 돌볼 것이다. 바쁘다는 핑계로 명절 전후에만 조상 산소를 찾았지만 이제 와서 생각해보니 잘못되었다는 생각이 든다. 바쁘지만 모임도 가고 등산도 가고 여행도 가고 하지 않았던가. 이제부터라도 조상님의 흔적이 남아있는 산소를 자주 찾아가 돌보고 조상들이 남긴 고귀한 자취도 떠올려 보면서 내 인생을 되돌아 보려고 한다. (2019)

고향은 아름답다

고향은 어머니다.

외양간 암소는 커다란 눈알을 껌뻑이고, 마루 밑 강아지는 게으름을 피운다. 앞마당 장닭이 황금 깃털을 뽐낸다. 제 집 찾은 제비가 반갑다. 노고지리 지저귄다. 여울 타는 피라미는 힘이 붙었다. 은빛 피라미가 저녁노을을 맞는다. 뻐꾸기 울음이 외롭다. 한 움큼 상추에 밥 한 숟갈 얹고, 된장 넣고 입속에 넣으니 꿀떡 소리 난다. 개울 빨래터에는 방망이 소리 요란하다. 돌팍 옷가지는 몸을 말린다. 처마 밑 마늘두릅은 코를 찌른다. 살구는 노랗게 익고, 두꺼비는 느릿느릿 기어간다.

우물가 난초는 파란 꽃을 피웠다. 빨랫줄 받침대에 잠자리 졸고 있다. 구름이 춤추며 지나간다. 오이 냉국에 땀 식히고, 수박으로 갈증을 씻는다. 끝없이 매미가 울어댄다. 멸치 국수로 허기를 달랜다. 매캐한 모기연기가 평상을 덮는다. 뚫린 하늘에 별똥이 줄 긋는다. 낮에 잔 강아지가 짖어댄다.

명석에 누운 고추는 빨갛게 익는다. 옷 벗은 나무에 감이 수북하다. 고개 숙인 나락 위엔 메뚜기가 한가하다. 앞마당 석류는 속내를 드러내고, 떼 지은 참새는 허수아비 괴롭힌다. 텃밭 무는 하얀 몸통을 드러내고, 뒷산 밤송이는 알갱이를 떨 군다. 높고 파란 하늘이 눈부시다.

감나무가 앙상하다. 청둥오리가 저수지를 찾았다. 문풍지 를 단다. 장작으로 마루 밑을 채운다. 구들막이 그립다.

가고 싶은 고향이 가슴을 아린다. (1990)

순리대로 살아보니

지금까지와는 다르게 살아보기로 하고 용기를 내었다.
자연의 흐름에 몸과 마음을 맡기고 물이 흐르는 대로,
바람이 부는 대로, 더우면 더운 대로, 추우면 추운 대로,
자연과 시간의 흐름에 나를 맡겨 보기로 했다.
- 〈순리대로 살아보니〉

인도에 가서 삶의 의미를 배웠다

인도에 가보기 전에 알고 있었던 것은 이런 것이다. 간디라는 지도자가 무저항주의로 맞선 것이 도화선이 되어 영국 식민지로부터 해방된 나라, 인구가 많은 나라, 네팔·중국·파키스탄·스리랑카·방글라데시가 인접해 있는 나라, 파키스탄과의 국경분쟁으로 서로가 힘든 나라, 아라비아해를 사이에 두고 중동과 마주하며 동쪽으로는 벵골만, 남쪽으로는 인도양이 있는 나라, 핵무기가 있으며, 전자통신 응용기술이 세계적이고, 자원이 풍부하여 발전 가능성이 많은 나라, 4대 문명 발상지인 인더스강과 갠지스강이 있고, 혜초스님이 다녀온 나라, 힌두교를 믿고, 소를 신성시하는 나라,

죽은 아내를 못 잊어 지었다는 세계적인 걸작품 타지마할이 있는 나라, 카레를 즐겨 먹는 나라 정도이다.

설레는 마음으로 대구공항에서 동방항공으로 상해 푸동공항을 경유하여 자정쯤에 인도 간디 공항에 도착하였다. 오랜 비행 끝에 내린 공항의 모습은 온통 잿빛이며 역겨운 냄새로 속이 울렁거린다.

출구에는 한밤중인데도 불구하고 방문객들로 북적여 이곳을 찾는 관광객들이 수도 없이 많다. 마중 나온 인도가이드는 우리나라 스님으로부터 말을 배우고, 한국에서 석 달 정도 근로자로 일한 경험이 있다고 한다.

첫날밤을 정신없이 보내고 다음 날 조잡한 관광버스에 오르니 인도가 눈앞에 다가온다. 끝없이 펼쳐진 노란 유채꽃이 고향처럼 반갑다. 등이 쑥 올라온 잿빛 털을 가진 소와 검은 물소, 어슬렁거리는 개들, 몸집에 비하여 머리가 작은 양, 낙타와 코끼리, 산돼지처럼 생긴 돼지들도 보인다.

낡은 화물차는 짐을 가득 싣고 복잡한 길을 잘도 지나간다. 자전거를 타고 가는 사람, 세발 오토바이를 타고 가는 사람, 걸어가는 사람 등 사람이 엄청나게 많다. 이틀 만에 우리나라와 너무 다른 모습을 보니 머리가 무겁다. 마을을 수도 없이 지나왔건만 너무나 초라하여 집이라 생각할 수 없었다. 인도 사람은 대체로 뚱뚱하다고 생각했는데, 대부분은 야위고 의욕이 없어 보여 무엇을 위하여 살아가는지가 궁금하다.

지금은 추운 계절이지만 꽃이 피어 있고, 바나나도 달려 있다. 원숭이도 있고, 앵무새와 공작새도 보인다. 참새와 비둘기도 보여 무척 반가웠다. 이곳 사람들은 자신의 운명과 처지를 슬기롭게 받아들여 큰 욕심 없이 하루하루를 보낸다는 것을 느낄 수 있었다.

이곳은 밤이면 초겨울이고, 낮이면 초여름 날씨를 보인다. 얇은 옷을 입고 처마 밑에서 자는 사람이 많고, 천막을 치고 사는 사람은 그나마 다행이었다. 얻을 것이 없다고 생각되는 쓰레기더미에서 사람과 동물이 같이 뒤적이는 어두운 모습도 볼 수 있었다. 어렵게 살아가면서도 동물에게 먹이를 나누어 주는 것을 보고, 참 삶이 무엇인지를 조금이나마 알게 되었다.

사람들 얼굴 어디서도 누구를 원망하거나 질투하는 모습은 찾아볼 수가 없었다. 운명에 순응하며 살아가는 이곳 사람들의 사는 모습을 보고 작은 죄의식 같은 것을 느꼈다.

숙소에 돌아와 잠자려 해도 사람들의 모습이 떠올라 잠을 잘 수가 없었다. 세상 어디서도 달과 별은 한결같은데, 나라마다 사는 모습이 너무나 달라 마음이 아팠다. 전지전능하신 하나님이 보시기에 많은 것을 가지고도 더 가지려고 하는 사람들은 어떻게 생각하시겠는가 생각해 보았다.

나는 인도에서 무엇을 보았는가? 자이푸르에서 코끼리 타고, 타지마할과 무굴제국의 아그라성을 보고, 힌두사원, 세계문화유산인 성애사원, 바라나시에서 영불탑, 갠지스강에서 일출과 화장하는 최후의 모습을 보면서 세상에 무엇을 남기고 일생을 마쳐야 되겠는가 다시 한번 생각하게 되었다.

네팔 땅인 룸비니에서 마야데비정사를 관광한 후 숙소에서 잠을 청하니 떼 지어 울부짖는 여우 울음소리로 잠을 이룰 수가 없었다. 포가라에서 페와 호수를 보고 전망대에서 안나푸르나봉을 본 후 카트만두로 이동하여 살아있는 여신 꾸마리 하우스와 달발광장을 보고, 델리에 도착하여 인도문, 라즈가트, 대통령궁, 연꽃사원을 본 다음 대구로 귀국한 여행이었다.

되돌아보면 인도여행은 문화유산을 구경한 것보다 진정한 삶이 무엇인지를 알게 하였으며, 나의 조국이 얼마나 자랑스럽고 아름다운지를 다시 한번 느끼게 된 시간이었다. (2016)

순리대로 살아보니

이루고자 하는 꿈을 만들고, 계획을 세워 노력하는 것이 행복에 다가갈 수 있는 지름길이라고 생각했었다. 계획을 세워 그대로 한다는 것이 참으로 어려웠지만 그렇게 살아왔기에 꿈에 가까이 갈 수 있었다고 믿었다.

꿈을 이루기 위해 이에 반하는 욕구를 버려야 했기에 무척 힘들었지만, 오직 그 꿈을 이루기 위해 다른 꿈의 미련을 버리면서 지금까지 생활해 왔다. 가끔 아무런 꿈도 꾸지 않고 생각나는 대로 살았다면 실패한 삶을 살았을까 하는 의문이 들었다. 꿈에 다가가기 위해 자신의 강렬한 욕구를 억누르고 행동한 시간이 얼마나 많았던가! 꿈과 다른 것도 많이 있었는데 그 꿈 때문에 아무것도 해보지 못하고 지금까지 살아왔다. 살아가는 과정에서의 잘못된 판단은 엄청나게 나쁜 결과로 나타나기도 한다는 사실을 잘 알고 있다. 나이에 맞는 꿈은 나이가 지나면 해보기가 어려운 것들이 많다. 늦었다고 생각되는 때가 다시 시작할 수 있는 가장 좋을 때라고들 하지만 나이를 뛰어넘어 용기를 낸다는 것은 겁이 나고 쉽지가 않다.

지금까지와는 다르게 살아보기로 하고 용기를 내었다. 자연의 흐름에 몸과 마음을 맡기고 물이 흐르는 대로, 바람이 부는 대로, 더우면 더운 대로, 추우면 추운 대로, 자연과 시간의 흐름에 나를 맡겨 보기로 했다. 앞뒤를 재지 말고 보고 싶은 사람이 있으면 만나고, 먹고 싶은 것이 있으면 먹고, 가고 싶은 곳이 있으면 가는 것이다.

스스로 자신을 구속하지 않고 내면의 부름에 따르니 머리가 맑아져 몸과 마음이 편안해지는 것을 느낄 수 있었다. 강박감은 사라지고, 나를 억누르고 있었던 것들이 하나둘 사라졌다. 계획 없이 생활하면 일상이 흐트러져 엉망이 되지 않을까 하는 두려움도 있었지만 크게 달라진 것이 없었다.

바람 소리, 새소리, 개구리 소리가 들리고, 햇빛, 달빛, 별빛이 가슴에 들어와 아름다운 행복이 되어 주었다. 파란 하늘 속으로 흘러가는 구름이 만들어 준 모습이며, 석양이 붉게 물들이는 저녁노을이 가슴을 뛰게 하였다. 가냘프게 얼굴을 내민 새싹도 보이고, 흙냄새, 풀냄새, 꽃향기가 가슴을 뻥 뚫리게 하여 막혀 있었던 가슴을 열어 주었다.

세월 흘러감에 초조해하지 않아도 되었고, 세상 돌아가는 것을 멀리하니 몸과 마음이 평안하다. 낮에는 땅바닥을 오가는 개미들 모습도 보였고, 밤에는 풀벌레 소리도 들려서 참으로 많은 것을 보고, 얻고, 느꼈다. 이제 나도 자연 속에서 살아가는 작은 생명체의 일부라는 것을 조금이나마 알게 되었다.

일어나야 할 시간은 따로 없다. 저절로 깨어나 배가 고프면 먹고, 자고 싶으면 자고 그냥 생체 리듬에 몸과 마음을 맡긴다. 온갖 약속과 의무와 정해진 일들로부터 놓여나 온전히 나 자신의 주인이 되었다.

자연의 순리에 따라 몸과 마음을 편안하게 하는 것이 행복이라는 사실을 이제서야 조금 알게 되었다. 진정한 행복이란 무엇이라고 단정 짓기 어렵겠지만 스스로 행복하다고 느끼는 그것이 바로 행복이다. (2021)

마음

가슴속 마음으로 들어가 보았습니다. 행동할 수 없는 마음과 이룰 수 없는 마음이 모여 꿈이 되었습니다. 마음은 어떻게 생겨나는 것일까요. 이룰 수 없는 꿈들이 모여 가슴속 응어리가 되었습니다.

선한 마음이 악한 마음을 누르고 있어, 마음대로 행동할 수가 없습니다. 좋은 사람이 있으면 가슴이 행복해집니다. 가슴을 뛰게 하는 사람이 있으면 더 큰 행복을 가져다줍니다.

남을 행복하게 만들면 그 행복은 메아리가 되어 내 가슴으로 돌아옵니다. 꿈은 희망을 낳아 아름다운 가슴이 되고, 그 꿈은 현실이 되어 더 큰 행복을 주었습니다. 간절한 바람으로 이루어 낸 꿈은 더 큰 감동을 줍니다.

희망과 꿈이 작아져 있을 때 마음은 도움이 필요합니다. 마음은 환경과도 밀접하며 여유와도 관계가 깊습니다. 화평한 가정의 가족은 여유가 있는 너그러움이 있습니다.

가슴속에는 학창 시절의 꿈이, 결혼 전의 꿈이, 사회생활의 꿈이, 이루지 못한 꿈들이 남아 있습니다. 그 시절의 꿈을 다시 이루어 보고 싶지만, 세상은 빠르게 변해 있고 이것 또한 가슴에 남았습니다. 지나간 꿈을 생각할 수 있는 여유가 나를 행복하게 합니다. 가슴 아팠던 기억들도 나를 더 강하게 만들었습니다.

행복한 마음만 가슴속에 오랫동안 남아 있기를 기원해 봅니다. (2000)

친구의 초대

 일상이 바쁘게 돌아가는 요즈음은 너 나
할 것 없이 피로에 지쳐있다. 손님을 집으로 초대하여 대접하
는 일은 그리 쉽지 않다. 대접할 손님이 있으면 식당에서 만
나 식사하는 것이 요즈음 풍속도다.

 얼마 전 인색하기로 소문난 친구로부터 부부간에 자기 집
에서 식사하자는 연락이 왔다. 아내에게 말하니 잘못 들은 것
이라 하면서 다시 한번 확인해 보라는 것이다. 틀림없다고 해
도 믿지 않는다. 다시 확인하면서 무슨 영문으로 식사를 초대
했는지 알려 달라고 해도 아무 일도 없다고 하면서 그냥 보고
싶어서 초대했다고 하니, 더욱 궁금해진다.

어릴 적에는 귀한 손님일수록 집으로 초대하여 정성껏 대접하는 것이 당연한 도리로 알았다. 며칠 전부터 집 안 구석구석을 치우고, 장독대를 씻고, 외양간도 고치고, 그릇도 닦고, 거미줄도 걷어내고, 떡도 하고, 김치도 담그고, 감주도 만들고, 묵도 만들고, 부침개도 부치고, 술도 담그고, 목욕도 하고, 이부자리도 말끔히 말렸다. 집 안은 온통 손님맞이로 바빴다. 어느 집이나 정성을 다하기는 마찬가지였다. 그때도 식당은 있었지만 식당에서 대접하는 것은 손님을 소홀히 하는 것으로 생각했다.

지금은 많이 달라졌다. 분위기 좋은 식당에 초대받으면 대부분 사람들은 좋아한다. 집에 초대받는 것을 싫어하는 것은 아니지만 방문 후에는 다시 초대해야 된다는 부담감도 있고, 빈손으로 갈 수도 없어 고민스러우며, 집에서 음식을 만들어 대접할 때 식당보다 더 맛좋게 만들 수 있다는 보장도 없다. 또 남은 음식의 처리와 뒷설거지도 부담이 된다.

약속된 저녁에 친구로부터 연락이 왔다. 아무것도 사 오지 말고 그냥 오라고 다시 한번 당부한다. 아내와 나는 궁금한 점이 많았으나 초청에 응하기로 했다. 초대해준 주인공은 고향 친구며 중학교와 고등학교를 같이 다닌 인연이 깊은 친구로 오늘은 고등학교 친구들을 초대한다고 한다.

평소 생활은 근면하나 지독한 구두쇠이며, 재산이 엄청나게 많기로 소문이 나있다. 사업수완이 좋아 고등학교 동창회 운영에도 기여하고, 어려운 친구를 돕는 일에도 앞장서는 친구로 평범한 우리의 모습과는 다르다. 친구 집에 도착하여 느낀 첫인상은 집 안이 깨끗하고, 거실은 단순하면서 잘 정리되어 있다. 마루에 돗자리를 깔아 시원한 느낌을 준다. 다시 한 번 초대한 이유를 물어보니 그냥 보고 싶어서 초대했단다.

　그동안 자식들 뒷바라지에 정신없이 살아오다가 자식들은 각자의 직장을 찾아 집을 떠나고 내외만 사는데 그냥 친구들이 보고 싶어 초대했다고 한다. 친구 중에는 하나 둘 손자를 본 친구도 있고, 자신은 젊다고 생각하고 있지만 할아버지 소리를 듣는다. 살아온 길을 되돌아볼 때가 되었고 돈과 명예보다 가족과 친구들이 소중하다는 것을 느꼈다고 한다.

　이제는 경쟁도, 자식 자랑도, 아무 의미가 없어졌다. 평소 모두들 그렇게 생각하고 있었지만 피부로 느끼면서 생활하지는 않았다. 친구를 있는 그대로 받아 주지 못하고, 자꾸만 다른 방향으로 생각하고 있었던 나의 생각이 옹졸했다. 이제부터는 친구를 대할 때 좋은 말만 가려서 하기로 했다. 먼저 초대하여 준 것에 대하여 고맙다고 했다. 친구 내외가 젊어 보여서 좋다고 하니 표정이 밝아진다. 그동안 세상을 떠난 친구가 하나 둘 생겨나니 만날 수 있는 친구가 옆에 있다는 그 자체가 행복하다고 이야기한다. 시간이 있을 때마다 만나 등산도, 여행도 같이 가자고 한다. 현실에 순응하여 빨리 적응하는 친구의 모습이 부럽다.

오랜만에 친구를 초대하여 부담을 주지 않고 솔직하게 자신의 모습을 보여준 달라진 친구의 모습을 보니, 나 자신도 긍정적인 사고로 상대방을 대해야겠다는 다짐이 새로워진다. (1992)

지혜로운 삶

인간이 동물과 다른 것은 의사를 글로 남길 수 있고 행동을 자제할 줄 알며 예의를 지키면서 행동하는 것이라고 할 수 있다. 또한 어떤 사실을 오랫동안 기억할 수도 있고 금방 잊어버릴 수도 있다. 남의 슬픔을 보고 아무런 조건 없이 슬퍼할 수도 있다. 남의 기쁨도 같이 기뻐할 수 있는 마음도 있다. 이러한 내적인 감정을 잘 이용하면 아무리 성질이 거친 사람도 바른 행동으로 변화시킬 수 있다.

추악한 범죄를 저지른 범인이라 할지라도 순진하고 순박한 어린아이를 여러 명을 모아 놓고 하고 싶은 이야기를 들려주라고 말하면 인간의 본성으로 돌아가 착하고 정직한 행동이

어떤 것인가를 깨우쳐 줄 것이며 자기가 저지른 추악한 행동을 그대로 실천에 옮기라고 말하지 않을 것이다. 비록 일순간 자신을 억제하지 못하고 인간답지 못한 행동을 저질렀다고 하지만 그 마음속에 전부가 바르지 못한 생각으로 꽉 채워져 있는 것은 아닐 것이다.

슬픔을 오랫동안 잊지 못한다면 곧 정신적으로 이상을 가져올 것이다. 그러나 창조주는 일상 생활에서 일어나는 여러 가지 변화무쌍한 활동으로 인하여 슬픔을 잊어버리도록 하는 망각의 기능을 줌으로써 슬픔에서 헤어나 새로운 생활을 할 수 있게 만들었다. 또 잊어버린 사실도 다시 기억되도록 하므로 우리의 머리를 조화롭게 만들었으며 새로운 것을 창조할 수 있게 만들었다.

우리는 가끔 공상에 빠지곤 한다. 공상 또한 다른 동물에게는 주어지지 않은 인간의 특권이기도 하다. 그러나 복잡한 현대사회는 공상을 즐길 수 있는 여유나 시간을 쉽게 내주지 않는다.

나도 어릴 때 공상을 많이 하면서 자랐다. 오대양을 누비는 선원이 되겠다는 것, 아프리카 대륙으로 들어가 원시적인 행동을 하면서 살아가는 자유인이 되고 싶은 것, 산 속에 들어가 아름다운 꽃들을 가꾸고 꽃 속에서 생활하고 싶은 생각들이었다.

심리학자들은 공상과 꿈이 클수록 자기의 성취도가 상대적으로 높아진다고 말한다. 그러므로 좋은 책을 어릴 때 많이 읽을 수 있도록 부모가 도와주어야 한다고 말한다. 어릴 때의 꿈을 실현하고자 할 때는 더 많은 노력이 필요하다. 누구나 처음의 시작은 초라하기 마련이다. 경험이 더해지고 시행착오가 반복되는 횟수가 줄어들 뿐 아니라 꿈의 실현이 한 발자국 가까워진다.

수백 년 자란 큰 소나무도 씨앗에서 돋아난 모습은 초라하기 짝이 없다. 해가 거듭되므로 비로소 한 포기의 나무로 인정받고 틀이 잡히면서 새들의 보금자리도 만들어 주고 시원한 그늘도 만들어 준다.

어떤 일이든지 처음의 시작이 중요하다. 같은 소나무라 할지라도 척박한 바위 틈에서 싹을 터트린 것은 너무나 많은 악조건들을 이겨내어야 하기에 정상적인 형태가 아닌 기형의 형태로 자라지만 비옥한 땅에서 씨앗을 터트린 소나무는 곧게 자라며 마음껏 가지를 펼쳐 보인다는 자연의 이치에서 우리는 평범한 교훈을 얻을 수 있다.

인간도 어릴 때부터 좋은 땅에서 싹을 틔울 수 있도록 주위의 사람들이 좋은 환경을 만들어 주어야 한다. 어린 나무를 좋은 땅에 심는 것은 별로 어렵지 않다. 잘 자라도록 관심을 갖는 것도 어렵지 않다. 그러나 자라서 나무로 형태를 갖추었을 때 바르게 하려는 것은 매우 어렵다는 것을 우리는 알아야 한다.

사람은 소나무처럼 외관상 옆으로 휘어져 자라지는 않지만 보이지 않는 마음이 휘어져 있음을 말이나 행동으로 알 수 있다. 이것을 바르게 한다는 것은 얼마나 어려운지 모른다. 이 만큼 어릴 때 바르게 행동할 수 있도록 부모와 주위에서 도와주는 것이 일생 동안의 생활에 있어 결정적인 역할을 한다는 것을 결코 잊어서는 안 될 것이다.

나쁜 것들은 망각으로 잊어버리고 좋은 것은 공상으로 찾아내는 슬기로움이 필요한 때이다. (2015)

황악산 직지사

솔숲이 있고 계곡 좋은 곳에 산사가 있고, 그곳에 가면 청정한 공기와 감로수를 마실 수 있어 좋다. 가야산 해인사, 덕유산 원통사, 지리산 화엄사, 비슬산 용연사가 그러하다. 깨끗한 물과 시원한 공기를 마시면서, 새소리, 나뭇잎 흔들림 소리, 바위 절벽에 걸려 춤추는 구름의 멋이며, 밤별빛이며, 산허리를 비집고 살금살금 솟아오른 달빛이 아름답다.

오랜만에 찾은 직지사는 황악산 품속에서 우리 일행을 반갑게 맞이하였다. 일찍 시작된 장마는 비를 계속해서 내리고 있었지만 불자들의 행렬은 끊임없이 이어지고 있었다. 아름드리 소나무 숲길 사이 대웅전으로 가는 길은 흙냄새 나무 냄새가 가슴을 적신다. 감로수는 석수통에 넘치고 쪽박은 한가롭다. 잿빛구름 사이로 얼굴을 내미는 계곡이 신비롭게 아름답다. 고색이 짙은 극락전 앞 수국은 싱싱한 잎사귀와 수북이 핀 보랏빛 꽃봉오리가 아름답다.

잘 배치된 건물들이며 마사토로 다듬어진 오솔길이 계곡과 어울려 절묘한 조화를 이룬다. 어느 곳 하나 손길이 미치지 않은 곳이 없다. 큰 돌을 담 밑에 가지런히 쌓고 그 위에 작은 돌을 가지런히 쌓아 만든 나지막한 돌담이며 이끼 낀 기왓장이며 사각형으로 쌓아 올린 굴뚝이 빽빽이 들어선 소나무들과 자연스럽게 어울린다.

눈을 지그시 감고 앉아 계시는 금빛 찬란한 부처님, 빛바랜 방석, 반짝이는 촛대 위에서 몸을 사르고 있는 촛불이며, 그윽한 향 내음새가 신비롭다. 반짝거리는 나무 바닥에서 정중히 합장하는 불자들의 모습을 보니 나 자신이 작아지는 것은 무엇 때문일까?

녹원 큰스님과의 만남은 더욱 극적이었다. 그칠줄 모르는 비 속에 독려차 건축현장에 나가신 큰스님을 기다리기 위해 큰스님 응접실로 안내되었다. 낡은 소파며 빛바랜 액자들이 산뜻한 직지사 건물에 비하여 초라하기 그지없다. 겉과 속이 다른 경우가 많지만 겉은 초라하지만 속이 꽉 찬 경우도 많다. 겉을 보고 속도 같다는 어리석음을 범하지 말라는 말이다.

비는 그칠 줄 모른다. 큰스님을 뵈올 때는 두 손을 합장하여 삼배를 해야 된다고 한다. 비에 젖은 승복차림의 큰스님이 나타나셨다. 큰스님은 늙어 보이시며 근엄하신 모습일 것으로 생각했는데 빗나가고 말았다. 늙어 보이지도 않으며 시골에서 흔히 만날 수 있는 보통사람 모습이었다.

기왓장 사이로 줄줄 흘러내리는 빗줄기를 발 사이로 바라보고 있으니 분위기는 더욱 고요하다. 옆방 스님께서 가져온 차를 향나무 차받침, 잿빛 찻잔에 정중히 한 잔씩 부어 주신다. 탁한 차만 마셔온 내게는 맹물에 가깝게 느껴진다. 승방에서 차를 마시는 방법이 따로 있다는 말은 들어서 알고 있지만 어떻게 마셔야 할지 당황스럽다. 큰스님은 격식 없이 마시기를 권한다. 손끝에 스며오는 찻잔의 따스함이 마음까지 데워준다. 엷은 녹색을 띤 차 속에 비춰진 찻잔 바닥은 거미줄처럼 여러 방향으로 갈라져 있다. 찻잔은 몸이며 찻물은 마음이란 생각이 들었다. 한 모금밖에 되지 않을 정도의 적은 양의 찻물을 대화를 이어가면서 어떻게 마셔야 될지 망설여진다.

산사의 조용함이 귓가에 흘러오고 찻잔 속은 더욱 평화롭다. 조금씩 마셔보니 마음이 맑아진다. 왜 이렇게 작은 그릇에 찻물을 담았는지 큰 찻잔을 사용하면 담아야 할 찻물도 많아지기 때문에 허욕이 일어날 소지가 있기 때문일까? 딱 갈증을 풀 정도의 양으로 절제하려는 깊은 뜻이 숨어 있지나 않을까? 향나무 차받침과 찻잔의 향기, 찻물의 맑음으로 몸과 마음을 맑게 하려는 절묘한 조화일까? 나무와 흙, 물과 불의 조화로움이 세상의 근본임을 말해주는 것일까? 바위틈에 뿌리박고 생명을 지탱하는 작은 나무 한 포기도 자기 위치에서 몫을 묵묵히 해낸다고 생각하니 두려움이 앞서며 자신의 우매함을 다시 한 번 느낄 수 있었다.

큰스님의 마음을 조금이라도 더 배우려고 했지만 주차장에서 기다리고 있을 동료들 때문에 일어났다. 올라온 길을 물으시고 내려갈 때는 계곡을 따라 만들어진 길로 내려가도록 안내하여 주신다. 군림하지 않으며 가난하고 약한 사람 편에 서서 용기를 주기 위하여 노력하는 녹원 큰스님의 자상하신 모습을 뒤로하면서 황악산 계곡을 따라 직지사를 떠났다. (1990)

행복

자신을 행복하게 만드는 것은 작은 행복이 되지만, 남을 행복하게 만드는 것은 더 큰 행복이 됩니다. 베풂과 배려는 인생에서 최고의 미덕이 됩니다. 이것이 소중하다는 것을 모르는 사람은 없지만 실천하는 사람은 많지 않습니다.

시기 질투와 이기심으로 남의 약점만을 들추어내는 일을 아무렇지도 않게 생각하는 사람이 얼마나 많습니까. 그것이 가슴에 상처로 남아 또 다른 사람에게 큰 상처를 줄 수가 있습니다. 자신에게는 칭찬과 배려해 주기를 기대하면서 남에게는 그렇게 하지 못하는 사람이 많습니다.

주는 것이 받는 것보다 더 행복하다는 말의 의미를 이해할 수 없을 때도 있었지만, 지금은 이해할 수 있게 되었습니다. 다 내어주는 사람에게는 나쁘게 행동하는 사람이 드물다는 사실도 알게 되었습니다.

남을 행복하게 하려는 마음이 크면, 자신에게 더 큰 행복이 된다는 것도 알게 되었습니다. 대가를 바라지 않고, 순수하게 주는 즐거움은 넉넉한 행복이 되어 자신에게 돌아옵니다. 가진 것이 없어도 건강과 행복한 마음만 있으면 이것보다 더 큰 행복은 없습니다.

끝없는 욕구는 끝없는 불행을 낳습니다. 가지려는 집착이 크면 클수록 불행도 더 크게 찾아오고 착한 마음으로 노력하면 행복은 눈덩이처럼 더 큰 행복이 됩니다. 작은 행복에 만족하지 않는 사람에게는 큰 행복이 찾아오지 않습니다.

인생의 궁극적인 목표는 인간다운 대접을 받고 사는 것입니다. 친절과 칭찬을 실천하는 생활 태도가 행복을 만드는 가장 좋은 방법입니다. 남을 희생시키면서 찾은 성공은 진정한 성공이 아닙니다. 그것은 더 큰 불행을 가져다주게 됩니다.

가까운 사람이 행복해하면 자신도 행복해집니다. 세상은 더불어 살아가는 공동체이기 때문입니다. (2014)

두드리면 열린다

6.25사변 직후에 나는 시골 초등학교에 입학하였고 그때 벌써 아버님이 계시지 않아 가족의 생계를 어머님이 책임지고 있었다. 아래로 남동생, 여동생이 있었으므로 어머님의 고생은 이루 말할 수 없었다. 그때는 다른 사람들의 생활도 어려워 가족 모두가 힘을 합쳐 노력하여도 끼니를 제대로 해결할 수 없는 형편이었다. 어머니께 조그마한 도움이라도 되어 드리기 위하여 학교를 마치면 산으로 올라가 땔감용 낙엽을 긁어모아 집으로 가져오는 것이 일과처럼 되었다. 아무리 노력하여도 생활 형편은 나아진 것이 없었다.

초등학교를 마치고 중학교에 들어가려고 해도 학비 해결이 불가능한 형편이었다. 그러나 어머님께서는 재산은 하루아침에 없어질 수도 있고 또 모을 수도 있지만, 지식을 모으는 것은 시간과 노력의 뒷받침이 없으면 이룰 수 없으며 일단 모아진 지식은 평생 생활에 도움을 주는 것이기 때문에 끼니를 굶는 경우가 있더라도 학교에 다녀야 한다고 말씀하셨다. 이러한 어머님의 생각과 의지대로 시골 중학교에 입학할 수 있었고 동생들도 학업을 계속할 수 있었지만 집안 형편은 더욱 어려워졌다.

쌀가마니가 수북히 쌓여있는 남의 집을 보면 우리 집 방 안에도 쌀 한 가마니를 쌓아 두고 먹었으면 얼마나 행복할까를 여러 번 생각하였다. 그때는 식구가 많고 가정형편이 어려운 집에서는 식구를 줄이기 위하여 밥만 먹여주고 잠만 재워주면 자식들을 그곳에 맡겨 어려운 생활을 벗어나려고 하였다. 우리 집도 매우 어려웠으나 어머님께서는 절대로 이런 일은 시키지 않았다.

어렵게 중학교를 마치고 고등학교에 입학할 시기가 되었을 때는 식량 걱정을 덜 할 만큼 생활은 나아졌다. 고향에는 고등학교가 없어 진학하려면 대구로 나와야 했다. 대학에 진학한다는 것은 꿈에도 생각할 수 없었다. 그때 심정은 공장에 취직하여 받은 돈으로 가정에 보태는 것이 적합하다 생각되어 취직하려는 생각도 하였다. 검정고시에 합격해도 고등학교 졸업 자격을 획득할 수 있기 때문에 어머님께 말씀드렸더니 굉장히 노한 얼굴로 크게 꾸중을 하셨다. 생각을 바꾸어 실업계 고등학교에 들어가기로 했다. 일부에서는 과외가 시작되어 극성스러울 때이므로 상당수의 학생들이 과외를 받고 있었다. 시골 촌놈이 운 좋게 공고에 입학할 수 있었다. 다행히 우리 집의 딱한 사정을 알고 대구에 살고 계시는 이모님께서 기거하도록 허락하므로 고등학교 생활을 할 수 있게 되었다.

사람은 욕심으로 인하여 발전할 수도 있고 망할 수도 있지만 발전하는 방향으로 생각하였다. 책상과 조그마한 공부방이 있으면 얼마나 좋을까? 우리 집안 사정으로는 사치스러운 생각이었지만 열심히 공부하여 하루 빨리 가난에서 탈피하는 것이 동생들을 위하고 어머님을 위하는 길이라 생각되어 시간을 쪼개어 최선을 다했다. 나는 대구에 나왔지만 동생들은 모두 시골에서 학업을 계속하였다.

(Ⅱ)

공고를 졸업하고 취업을 하느냐, 대학을 진학하느냐의 갈

림길에 어머님께서는 더욱 용기를 주셨다. 가정형편이 어려웠을 때도 학업을 계속했는데 여기서 포기할 수 없다고 말씀하신다. 취업을 목적으로 공고에 입학하여 졸업 후 직장에 근무하면서 야간 대학을 마칠 계획이었으나 계획을 바꾸어 고등학교 정도의 학비가 드는 교육대학에 시험을 보기로 했다. 교대를 졸업하고 대구에 발령을 받으면 보람도 있고, 야간 대학에 편입하여 학업을 계속하면 정규 4년제 대학도 마칠 수 있다고 생각되었다.

막상 공고를 나온 나로서는 일반계고등학교를 다닌 학생에 비해 영어, 수학, 국어 등이 훨씬 뒤진다는 사실이 무척 힘겹게 느껴졌으나 '두드리면 열린다'는 확고한 신념과 나 스스로 학교를 선택하여 입학시험을 치를 수 있다는 기쁨이 화산처럼 타올라 모든 어려움을 이겨낼 수 있는 큰 용기가 났다. 밤낮을 가리지 않고 시험 준비를 하고 기도하는 마음으로 어머님과 동생들에게 큰 기쁨을 줄 수 있는 기회를 기다렸다. 이러한 노력과 염원은 결코 헛되지 않았다. 바로 교육대학에 합격한 것이다. 우리 집도 이때는 가정 형편이 나아져 점포가 딸린 방도 얻을 수 있는 여유가 생겼다.

교대에 입학한 기쁨도 잠시뿐 공고를 졸업한 내가 교대에 적응하는 데는 큰 어려움이 있었다. 당시 교대 입학 정원이

440명, 남녀가 같은 조건으로 입학하였다. 당초 목표인 대구시에 발령받으려면 전체 2%에 드는 상위 성적을 얻어야만 한다. 내가 여기에 들지 못하면 야간 대학에 입학할 수 없다. 내가 교대에 진학할 때는 여학생 입학률이 50%를 약간 넘었으며 대부분의 여학생들이 경상북도 수재들만 모인다는 경북여고 출신이었다. 여학생들의 필사적인 노력을 볼 때 겁이 날 정도였다. 그러나 나는 결코 여기서 좌절해서는 안 된다고 몇 번이고 다짐하였다.

대학 재학 중에는 학비와 생활비에 보탬을 위하여 시간을 쪼개어 초등학생을 모아서 그룹지도를 한 관계로 성적 관리에는 더 많은 노력이 필요했다. '지성이면 감천이다.'라는 속담처럼 성적은 다행히 항상 상위 그룹을 유지하였다.

오르간과 거리가 먼 나는 손에 물집이 생길 때까지 우직스러울 정도로 연습한 결과 최고점수를 얻었다. 스텝과 거리가 먼 나에게 무용은 더욱 큰 부담이었다. 될 때까지 하고야 마는 열의로 열심히 하였다. 구슬땀을 흘리면서 조각품을 만들 때 나 자신이 왜 이렇게 되고 있는지 보통 학생들과 같이 적당히 노력하면서 생활하고 싶은 마음이었다. 그러나 나를 희망으로 삼고 노력하고 계시는 어머님과 동생들을 생각하면서 참고 노력하였다.

(Ⅲ)

노력의 결과로 교대를 졸업하고 대구시에 발령 난 7명의 동료들을 제외한 다음 순위로 대구에서 가장 가까운 달성군에 발령을 받았다. 1967년 3월 1일은 내가 햇병아리 교사로서 첫발을 내디딘 날이다. 가난하고 철모르는 초등학생을 위해 열과 성의와 사랑으로 꼭 필요한 교사가 되겠다고 굳게굳게 다짐하였다.

어린 초등학생들과의 하루하루의 생활은 마냥 즐거움 그것이었다. 하루가 어떻게 빠른지 교정이 컴컴해야 퇴근했으며 하숙집에 돌아와서는 다리가 아파 끙끙거리기가 일쑤였다.

발령을 받은 지 25일이 지나 정든 학생들과 헤어져야 하는 입대 휴직이라는 아픔이 찾아왔다. 우리 학반 꼬마 어린이들과의 이별의 아쉬움, 직원들이 모아 준 정성 어린 전별금을 손에 들고 교정을 떠나는 나의 발길은 무겁기만 하였다.

논산 신병 훈련소, 영천 교육대를 거쳐 광주 전투병과 교육사령부에 배치되어 군복무를 시작했다. 처음에는 전투병과 교육사령부가 위압감을 주었고 두 번째는 광주라는 것이 부담을 주었으나 광주 사람들은 인정이 많은 보통 사람들이었다.

다행스럽게도 근무 조건이 좋아 부담을 갖지 않고 근무할수 있었다. 내가 군복무를 하고 있는 동안 여동생은 전문대학에 입학하였고 남동생은 고향에서 농고에 입학하여 공부를 계속하였다. 어머님이 하시는 장사도 점차 안정을 찾아가고 있어 나의 군 생활은 훨씬 수월하였다.

고령 촌놈이 어떻게 무등산, 월출산, 송정리, 영산강, 충장로를 알 수 있었겠는가를 생각하면 군대가 좋았다. 68년도 말 나에게는 큰 사건이 일어났다. 제대 1년을 남기고 월남 파병이라는 전속 명령이 내려왔다. 월맹군의 지원으로 베트콩들의 공세가 날로 심하던 시절이었기 때문에 겁이 났지만 또 다른 경험이라 생각했다.

(Ⅳ)

정든 광주를 떠나 전방에 설치된 월남파병 장병훈련소에 입소하여 6주 동안 정글에서의 적응 훈련을 마치고 부산으로 출발하는 특별열차에 몸을 싣고 일 년이 지나야 돌아올 수 있다고 생각하니 마음이 착잡하였다.

춘천, 서울, 대전, 대구, 부산순으로 역 대합실에서의 이별 모습 그것은 진한 아픔 그 자체였다. 부산 3부두에 도착하니 부두에 정박하고 있는 거대한 수송선이 우리를 압도했다. 환송식이 벌어질 때 오색 고무풍선이 하늘에 오르고 피켓에 아들 이름을 붙여 자식을 찾는 부모님의 외침이 메아리치고 무사하게 귀환하기를 기원하는 사람들로 인해 북적였다.

오륙도를 뒤로한 수송선은 월남을 향하여 숨 가쁘게 달렸다. 동료들의 뱃멀미가 심했다. 고국을 떠난 지 이틀이 경과되었다. 뱃멀미도 가라앉고 두려움이 싹튼다. 일주일간을 항해하여 도착한 곳은 중부 월남 퀴논항이었다. 주위의 산은 온통 까맣게 그을려 있었고 주변은 철조망으로 둘러싸여 있으며 야척장에는 파손된 자동차들이 산더미처럼 쌓여있었다. 도로변에 있는 건물 벽은 낙서와 탄환 흔적이 어지럽게 새겨져 있었다. 완전 무장된 장갑차가 도로 양쪽에서 경계를 하고, 전투용 헬리콥터가 우리를 호위한다. 퀴논항에서 10여㎞쯤 떨어진 사령부에 도착하니 환영하는 현수막과 군악대의 연주가 우렁차다. 간단한 식을 마치고 귀국하는 선박 편으로 부칠 편지를 쓰고 일 년간 근무할 부대에 도착하여 월남 생활이 시작되었다.

(V)

밤하늘에 반짝이는 조명탄, 정적을 깨는 헬리콥터 소리, 요란한 기관총 소리, 대포의 폭음소리가 전쟁터에 왔음을 느끼게 했다. 베트콩의 박격포 공격에 대비한 우람한 참호 모습에서 가슴 답답함을 느낄 수 있었다.

144

다행히 사단 본부에서 근무했으므로 다른 동료보다 안전했다. 적진 깊숙한 고지에서 외롭게 근무할 동료들을 생각하니 가슴이 답답하다. 월남에서 받은 돈은 집으로 보내어져 어려운 살림에 큰 도움이 되었다.

이곳에 와서 처음에는 잠도 오지 않고, 고향에 계신 어머님, 동생 생각으로 답답하였으나 차츰 음식과 기후에 적응하여 평온을 찾을 수 있게 되었다. 소낙비가 억수로 내리는 한밤중에 초소 근무는 극한 상황에서의 의지를 시험할 수 있었고, M16 소총을 들고 실탄 주머니를 양어깨에 메고, 배낭에 전쟁에 필요한 물품을 가득 넣어 헬리콥터에 실려 전투 임무를 수행할 때면 최선을 다하고, 후회 없는 임무 수행을 다짐했다. 그리고 하나님의 보살핌으로 임무를 마치고 무사히 귀대할 수 있기를 간절히 기도하였다. 그 순간만은 아무것도 생각나는 것이 없으며 동료들이 무사히 귀환하기를 빌 따름이었다. 정글을 헤쳐 가며 휴식시간에 먹는 C-레이션 맛은 지금도 잊을 수 없다. 물이 생명수라는 귀중함과 작은 소리에도 온 정신을 쏟는 긴장감이었다.

월남에도 사랑하는 조국과 같은 것이 있는지 찾아보았다. 들판에서 뛰어 노는 개는 고향에서 보는 것과 똑같았다. 강아지들도 막사 주위에서 재롱을 부린다. 이곳 사람들은 개를 식용으로 쓰지 않는다. 밤하늘의 별빛은 고향에서도 바라볼 수 있다고 생각하니 고향이 그리웠다.

반가운 위문편지, 위문공연이 있을 때면 고마움과 보람을 느꼈다. 전투 중에 부상한 전우를 보면 너무나 안타까웠다. 전쟁을 하지 않고 서로가 평화롭게 공존하며 살아갈 수는 없었을까?

어머님, 동생, 친구들의 염려로 아무 사고도 없이 정든 월남 퀴논항을 뒤로하고 귀국길에 올랐다. 마음이 가벼우니 뱃멀미도 하지 않고 기분이 좋았다. 부산항 3부두에 도착하니 성대한 환영식이 우리를 기다리고 있었다. 1970년 1월이었다. 경부고속도로 공사가 한창이었으며 대구·부산 구간은 개통되어 고속버스가 운행 중이었다. 보충대에서 귀국절차를 마치고 한 달간 휴가 후, 향토 50사단에서 제대하도록 되어있었다. 틈틈이 준비한 선물도 있고 무사히 귀국한 기쁨이 있었으며 고국의 발전된 모습을 볼 때 너무나 기뻤다. 나의 조국을 위해 반드시 필요한 사람이 되겠다고 다짐하였다.

부산에 도착하여 어머님께 연락드리니 깜짝 놀라 하시면서 부산으로 달려오셨다. 어머님과 함께 고속버스로 귀향할 때의 기쁨은 이루 말할 수 없었다. 고향 산천은 온통 하얀 눈으로 쌓여 있었으며 더운 곳에서 추운 곳으로 갑자기 생활이 바꿰어 입술이 갈라진다.

집에 도착하니 이웃들이 따뜻하게 환영해 주었다. 휴가를 마칠 무렵 경북 달성군 교육청에 들르니 장학사님의 따뜻한 위로의 말과 함께 3월 11일자로 달성군 현풍초등학교에 근무하도록 통보를 받았다. 나의 교직 생활이 다시 시작되었다.

(Ⅵ)

〈두드리면 열린다〉는 성경 말씀과 〈하면 된다〉는 글귀를 좌우명으로 삼아 착실히 노력한 결과 영남대학교 2부 대학 토목공학과에 무사히 합격할 수 있었으며, 장학사님의 도움으로 조금이라도 통근 및 통학하기에 편리한 옥포초등학교에 근무하게 되었다. 도움을 준 사람들에게 꼭 보답해야겠다는 마음과 기대에 어긋나지 않도록 열심히 노력해야 되겠다고 다짐하였다. 토요일과 일요일은 물론이며 공휴일은 일직 아니면 숙직을 하고 야간대학을 위하여 최선을 다했다. 학교를 마치고 집에 돌아오면 밤 11시, 새벽같이 출근하여 남보다 무엇이든지 더 해야 된다는 신념으로 열심히 했다. 이러한 일과의 반복으로 4년제 대학을 무사히 마칠 수 있었다. 이를 지켜본 동료 교사를 아내로 맞이하였다. 그 당시는 취업문이 좁아서 중등학교 교사 임용 순위고사에 응시하여 합격하였다.

초등학교 교사 생활을 마감하고 영해중학교에 발령 받았다. 2년 후에는 동해의 명문고인 포항고등학교로 이동하게 되었다. 또다시 치열한 경쟁을 뚫고 검정고시로 중등학교 공업 준교사 자격을 취득할 수 있게 되었다. 4년간의 포항고의 생활을 마치고 가족들이 살고 있는 대구중학교에 발령을 받았다.

그동안 피와 땀으로 자식 뒷바라지를 하신 어머님께서는 자식들의 호강 한 번 받지 못하시고 59세를 일기로 한 많은 세상을 떠났을 때 내 가슴속에 오랜 슬픔이 되었다. 가정 형편이 어려운 시절에 우리 삼 남매를 키운다고 아버지 역할까지도 다하시면서 고생하신 어머님은 자식들의 효도를 기다리시지 않고 떠나셨다. 살아 계실 때 기쁨을 드리는 것이 최상의 효도라는 것을 뼛속 깊이 느꼈다.

대구중학교에서 2년을 근무하고 무수히 많은 인재를 배출한 명문 경북대학교 사범대학 부속고등학교 교사로 초빙되어 참다운 교직 생활을 하게 되었다. 교사, 학생, 학부형과 일심동체가 되어 7년간을 근무하였다. 나의 불타는 향학열은 누구도 막을 수 없었다. 다시 학업을 계속하기 위하여 계명대학교 교육대학원에 입학하여 졸업하므로 교육학 석사 학위를 취득할 수 있게 되었다. 고아나 다름없는 가정 형편인 촌놈이 석사 학위를 취득할 수 있었다는 것이 꿈만 같았다.

내실을 위하여 써온 글들이 활자화되어 대구수필 창간호로 부터 14호까지 소중하게 실려 있으며 포항, 영덕 바닷가에서 익혀온 바다낚시의 경험이 인정되어 대구낚시연합회 바다낚 시 전문위원이 되었고, 매일신문, 대구 문화방송, 월간 스포 츠 등에 낚시 전문 글들을 기고하고 있으며 1992년에는 문예 한국이란 문학 전문지에서 「욕지도 여록」으로 신인상을 수상 하여 문단에서 활동하고 있다.

현재 행복한 가정생활을 하고 있다. 1남 2녀의 자녀 모두가 부모의 뜻에 따라 우수한 성적을 유지하며 예절도 바르다. 명 문대학 약대를 졸업하고 서울 삼성제일병원 약국에서 직장 생활을 하고 있는 큰딸, 군 생활을 무사히 마치고 복학을 기 다리는 아들, 성실하고 열심히 생활하며 가족의 귀여움을 독 차지하는 막내딸이다.

교직 생활의 의미를 가르쳐 준 경대사대부고에서 7년간 근 무하고 명문 대구고에서 4년을 마친 다음 현재는 전통의 명 문고인 경북고등학교에서 영원한 꿈을 실천하고 있다.

나의 꿈은 아직도 진행형이다. 모든 것은 〈두드리면 열린다〉.

(1994)

신념과 좌절 속에서

 1967년 20대 초반, 교사로 첫 부임한 곳
이 시골 조그마한 학교였다. 발령을 받아 기쁘기도 하고 한편
으로는 두렵기도 하였다. 선배 선생님들은 햇병아리 교사를
따뜻하게 맞이하여 주었다. 며칠 동안은 점심시간도 잊어버
렸으며, 밤중에 퇴근할 때가 한두 번이 아니었다.

 학교의 역사를 말해주는 아름드리 나무들, 정성이 영그는
교실, 순박하기 그지없는 학생들, 부모와 같이 보살펴 주시
는 선배 선생님들과의 정이 싹틀 무렵, 입대를 위해 3월 27일
휴직원을 제출했다. 혈기 왕성하던 때라 군에 대한 두려움보
다 정든 교정을 떠난다는 두려움이 큰 부담을 주었다. 26일

동안의 만남과 헤어짐인데도 우리 반 학생들도 울고 나도 울었다.

교정을 떠나는 날 날씨는 매우 차가웠다. 담임이 떠나는 것을 보기 위하여 모두들 버스주차장으로 나왔다. 눈물을 글썽이면서 언제 준비했는지 손수건이며, 삶은 계란이며, 김밥을 건네주는 귀염둥이 꿈나무들과 전별금이라고 말씀하시면서 두툼한 흰 봉투를 내미시는 자상하신 교장 선생님과 동료 교사들의 배웅을 받으며 완행버스는 출발하고야 만다. 차창 밖으로 점점 멀어지는 교정의 모습에서 26일간 꿈을 가꾼 나 자신과 우리 반 학생들의 모습이 스쳐간다.

논산 훈련소에 입소함으로써 3년간의 군대생활이 시작되었다. 광주에서 2년, 월남 퀴논에서 1년간을 보냈다. 교사로 근무한 후에 입대했으므로 다른 동료들도 예의를 갖추어 대해 주었고, 교사로서의 품위를 잃지 않으려고 노력하였다. 3년 동안의 군생활은 나에게 다양한 사람들을 만날 수 있는 계기가 되었고, 어려운 일을 당할 때 헤쳐 나갈 수 있는 적극성을 기르는 기회가 되었다. 다시 복직하여 교사 생활을 할 때에는 입대 전보다 많이 달라진 나의 모습을 발견할 수가 있었다.

오랫동안 기억에 남는 교사가 되겠다는 것이 나의 한결같은 좌우명이다. 1978년까지는 시골에서 근무했다. 시간이 흐를수록 매년 반복되는 생활의 권태로움과 4년마다 생소한 곳으로 이동해야 되는 번거로움으로 인하여 교직을 떠나 다른 직장으로 옮겨야 하겠다는 마음이 조금씩 생겨났다. 조건에 맞는 회사에 이력서를 제출하였다. 입사시험에 통과하여 최종 면접시험을 남기고 부모님께 말씀드리면 한사코 교직 생활을 계속하도록 설득하므로 번번이 좌절되고 말았다.

1974년까지는 아무런 대가나 사회적 지위를 떠나 그저 좋아서 열심히 노력한 때라고 말한다면 1978년까지는 회의와 고민의 연속으로 교직 생활 중 최대 고비였다고 말할 수 있다. 그러나 기억에 남는 교사가 되겠다는 나의 좌우명을 한 번도 잊어본 적은 없었다. 차츰 다른 직장으로 옮겨야 되겠다는 의욕이 사라져 갈 때쯤인 1979년 대구로 이동하게 되었다.

순박한 시골 학생, 정든 교정을 뒤로하고 생존 경쟁이 치열한 도시생활로 접어든다 하니 기쁘기도 하고 두렵기도 하였다. 두 번째의 시작은 이렇게 이루어졌다. 어떻게 해야만 되겠는지 며칠간을 곰곰이 생각해 보았다. 어떻게 적응을 해야 될 것인가? 정이 많은 시골생활에서와 달리 이곳의 시작은 자신만을 생각하는 이기적인 모습도 눈에 보였다.

3학년 담임이 제일이며, 다음이 1학년 담임, 그 다음이 2학년 담임이라든지, 학반 학생 중에 육성회 임원 대상 학부모가 많이 있는지, 더 좋은 학교로 어떻게 하면 갈 수 있는지, 시험을 치고 나면 어느 학반이 제일 잘했는지 등 모든 것이 경쟁이었다. 이런 것들이 나를 몹시 당황하게 만들었다.

시골에서 이곳으로 옮겨온 이상 빨리 적응하는 것이 옳다고 생각하여 오로지 학력 향상과 생활지도에 매진하였다. 학부모들도 학생의 인성지도보다 학력 향상만 원했다. 학부모들이 간혹 찾아와 감사표시를 하는 데는 당황하였다. 그러나, 시간이 흐를수록 도시생활에 젖어들게 되었다. 가끔 시골생활을 생각하면 아찔한 내 모습을 발견하고 깜짝 놀랄 때가 한두 번이 아니었다.

창문 너머로 심어진 교정의 느티나무는 또 한 해를 마감할 준비를 하고 있으며, 교실에서 나를 기다리는 학생이 있는 한 기억에 남는 교사가 되기 위해 노력하려고 다짐하여 본다.

(1990)

현실과 이상의 갈등

'건강을 잃으면 모든 것을 잃는다.' '남편을 일에 빼앗기면 해결할 방법이 없다.' '세상을 살아가는 데 인간관계가 가장 중요하다.' '가장은 자식에게 존경받을 수 있을 만큼 최선을 다해야 한다.' 이러한 말들은 내가 아내로부터 수없이 들어온 말이다. 옳은 말이지만 항상 피곤하여 조용히 쉬고 싶을 뿐이다. 자의적인 나는 없고 그냥 돌아가는 기계일 뿐이다.

일반계 고등학교 교감의 하루는 이렇게 시작된다. 아침 5시 30분이면 어김없이 일어나야 하고, 식욕은 없지만 6시에 아침식사를 끝내야 한다. 품위를 위해 머리도 빗고, 구두도 손질해야 된다.

움직이면서도 오늘의 할 일을 생각하고 챙겨야 한다. 현관에 놓인 우유도 들여놓고, 조간신문은 머리기사만 대충 훑고, 현관을 나서면 새벽 운동하러 가는 이웃을 엘리베이터에서 만난다.

언제나 저녁 11시를 넘어 귀가하므로 내 차는 항상 다른 차들 앞에 있어 바로 출발하는 데는 편리하다. 차를 타고 먼저 하는 일은 신호 대기 때마다 면도하는 일이다. 이렇게 하면 출근 중에 한 가지 일을 더 할 수 있다.

6시 30분이면 학교에 도착한다. 창문을 열고 컴퓨터의 전원을 켜면서도 생각한 일을 한 번 더 챙겨본다. 교문 앞 횡단보도로 이동하여 학생들이 안전하게 등교하는지 여부를 확인한 다음 교무실로 들어와 집게와 봉지를 챙겨서 교실을 순회하면서 쓰레기도 줍고 교육활동이 제대로 이루어지고 있는지를 확인한 다음 교장실에서 학교장과 일정에 대하여 의논하고 관련 부장과 협의하여 실천방안을 강구한다.

접수된 공문을 숙독하여 분류하고 보고할 공문을 처리토록 독려한다. 손을 씻고 물 한 컵 마시면 시계는 10시를 가르킨다. 선생님들이 가져온 서류를 결재한 다음 행정실로 가서 시설 점검상태를 의논하여 처리토록 협조를 구한다.

1학년실, 진학실, 체육실, 교육정보실, 과학실, 상담실, 양호실, 미술실, 음악실, 강당을 차례로 방문하여 애로 사항을 청취하고 근무상태를 확인한다. 1,500여 명의 급식을 담당하는 급식소에 들러 점심 준비상황을 점검한 다음 유도부 합숙소에 들르면 시계는 12시를 넘긴다.

곧이어 식당에서 점심을 먹는다. 하루 세끼 중 정식으로 챙겨먹는 유일한 음식이다. 식사 후에 휴식을 취해 보려고 하지만 선생님들이 가져오는 결재서류와 상담으로 쉴 시간이 없다. 5교시가 시작되면 교실에서 급식이 이루어지므로 식사 뒤처리 여부와 자는 학생이 있는지 확인하여 정상적인 수업이 이루어지도록 한다. 교무실에 오면 새로 온 공문을 결재해야 된다.

학생들이 청소하러 온 것을 보고 오후 3시 40분이 지난 것을 알게 된다. 좌석을 비우고 밖으로 나와서는 청소와 복장 지도를 한다. 사교육비 절감과 적성에 맞는 특기 교육을 목적으로 4시부터 5시까지 이루어지고 있는 1학년 특기·적성 교육은 축적된 기술 부족으로 시행착오가 거듭되므로 신경이 많이 쓰이는 부분이다.

8교시째는 2~3학년 마지막 보충수업이 이루어진다. 교실을 순회하러 갈 때쯤이면 보충수업이 없는 교사들이 하나 둘

퇴근하게 된다. 5시 50분부터 6시 30분까지 저녁식사를 마치고 9시 30분까지 2~3학년 학생 전원의 야간 자율학습이 이루어진다. 자율학습이 마칠 때쯤이면 교정은 하교하는 자녀들을 싣고 가기 위한 차들로 북적인다.

10시쯤이면 다시 평온을 찾는다. 남아있는 학생들을 심야학습실로 옮기고 복도나 계단에 불을 끄고 교무실에 내려오면 다리가 아프고 정신이 희미해진다. 책상 앞에 놓여있는 책들을 정리하고 시계를 보니 11시를 가리킨다.

마지막 심야학습실 학생들의 하교가 끝나면 11시 10분이다. 텅 빈 학교 주차장에 외롭게 서 있는 나의 차를 이끌고 집으로 돌아와 남의 차 앞에 주차시킨 후 수위실을 지나면 수위도 잠잘 때가 많다. 대충 세수하고 넘어지듯 자리에 누워보지만 너무 피곤하여 잠이 오지 않는다. 뒤척이다 보면 다음 날 새벽 1시가 넘어 잠이 든다.

매일 수면시간은 겨우 4시간 정도로 누적된 피로를 푼다는 것은 아예 생각할 수 없다. 매일 반복되는 생활, 누적된 피로에 의하여 나 자신은 과부하가 걸린 기계처럼 언제 멈출지 모르는 불안 속에 하루하루를 보내고 있다. 하고 싶은 것은 잠만 자고 싶을 뿐이다. 그러나 현실은 나를 그렇게 놓아두지 않는다.

인생의 목표는 인간답게 대우받으면서 행복하게 살아가는 것인데. 건강을 해치면 모든 것을 잃는다는 사실이 머릿속에 맴돌고 있지만 자신의 교육철학을 펼칠 수 있는 기회가 올 것이라는 기대로 그저 하루하루를 보내고 있다.

미래의 희망을 실현할 수 있을 때까지 몸이 버티어줄지 자신이 없다. 집에서는 잠만 자려는 나를 이해하지 못하지만 가족과 사회가 나를 가만히 두면 좋겠다는 원초적인 본능뿐인 것이 현실과 이상 사이에서 내가 안고 있는 문제이다. (2000)

수필을 어떻게 쓸 것인가?

우리들이 좋은 수필 작품인지 아닌지를 평가하는 것은 비교적 쉽다고 말할 수 있다. 무엇인가를 느끼게 하는 작품이 좋은 작품이기 때문이다.

수필가 장덕순에 의하면 '가장 힘들게 쓰여지면서도 가장 쉽게 읽혀지는 글이 수필이다.'라고 말하는 것이 이를 증명하고 있다. 흔히 붓가는 대로 생각나는 대로 쓴 글이 수필이라고 하지만 작품이란 소재와 주제가 겸비되어야 하고 매끈하게 다듬어져야 한다. 형식과 내용이 조화되어 통일되어야 함이 무엇보다도 중요하다. 문학평론가 아놀드Matthew Arnold는 'Literature is artistic interpretation of life through the instrumentatity of language문학은 언어를 사용하여서 인생을 예술적으로 표현하는 것이다.'라 정의하고 문학은 언어를 도구로 하지만 그것은 반드시 예술적 기교로써 표현되어야 한다는 말이다. 수필가 한흑구는 '한 편의 수필도 예술적인 구상과 문학적인 형태를 갖추어야 한다.'라고 말하며 붓 가는 대로 쓴 글 전부가 수필이 아님을 강력하게 암시하고 있다.

II

수필을 어떻게 쓸 것인가? 특별한 방법을 말하는 것은 매우 어렵지만 도자기라는 작품을 만들려면 흙을 이긴 후에 물레를 이용하여 모양을 만들고 그늘에서 잘 말려 가마 속에 넣어 구운 다음 잘못된 것은 버리고 다시 유약을 바르고 그림을 그려서 다시 구우면 도자기가 만들어지듯이 수필도 나름대로의 창작법이 있다.

첫째, 수필은 대체로 짧아야 한다. 대체로 7~8매가 알맞다고 말한다. 어떤 수필은 30매, 40매 정도의 작품도 있지만 글을 부담없이 단숨에 읽어 갈 수 있어야 하는 점으로 보면 짧을수록 좋다.

둘째, 붓을 들기 전에 생각을 해야 하고 생각 끝에 주제와 소재를 일치시켜서 구체적으로 구상해야 한다. 이는 좋은 소재가 생각났을 때엔 거기에 알맞은 주제를 사색해야 하고 이미 주어진 주제가 있으면 그 주제를 부각시킬 수 있는 소재를 찾아내야 한다.

셋째, 수필은 체험과 사색에서 나와야 한다. 평소 인상에 남는 경험들을 간단히 메모하여 두었다가 경험 내용을 더 보태는 작업이 필요하며 좋은 수필을 많이 읽으므로 자신의 경험들을 더욱 살찌게 하는 것이 중요하다. 이와 같은 경험을 토대로 내용에 설정되면 붓을 들어 첫줄을 시작하면 된다. 몇 줄이 마음에 들면 시작이 반이라고 하듯이 다 쓴 것과 마찬가지가 된다.

넷째, 수필의 생명은 문장이다. 세련된 문장, 기복이 있으면서 리듬이 있게 흘러가는 문장이면 더욱 좋으며 대체로 흐름이 빠를수록 좋다. 지나치게 제자리 걸음을 하든가 또 너무 깊이 파고 들어가는 것은 부담을 주기 때문에 좋은 방법이 못 되며 앞줄이 긴장되어 있으면 다음 줄은 풀어주는 것이 좋다. 내용의 흐름에 있어 주제가 은은히 암시되어 있으면 더욱 좋다. 흔히 수필은 작품을 통하여 자기 자신을 표현한다고 말한다. 그러나 남의 이야기를 소재로 삼을 수도 있으므로 반드시 자기 자신을 직접적인 대상으로 삼을 필요는 없다. 그러나, 나 아닌 것을 소재로 삼는 경우에 있어서도 자연과 인간을 보

는 자기의 주관을 표현함으로써 자신을 간접적으로 표현할
수 있다.

자기만을 위한 것이 아닌 글로 읽는 사람에게 그 뜻이 잘
전달되는 것이 바람직하다. 그 뜻을 잘 전달하지 못하는 글은
원칙적으로 좋은 문장이 아니다. 주제와 소재를 잘 전달하기
위해서는 예리한 관찰력과 풍부한 상상력 해박한 지식과 심
오한 사상, 뛰어난 예술 감각, 뚜렷한 개성 등 모든 방면에 있
어서의 탁월성은 어느 것이나 좋은 수필을 쓰는 데 보배로운
자산이 될 것이다. 어떤 경우에는 자신의 결함 또는 실패담을
솔직하고 꾸밈없이 다룸으로써 좋은 작품을 얻을 경우도 있
다. 솔직함은 그 자체가 미덕일 뿐 아니라 마음의 여유와 결
합하면 좋은 작품을 낳을 수 있기 때문이다. 의도적으로 좋은
글을 쓰고자 하면 도리어 저속한 글이 될 수 있다. 평범한 듯
하면서 평범하지 않는 글이 좋은 글이다. 수필은 되도록 여운
이 길어야 좋다. 결론을 단정적으로 내려 버리면 글의 여운이
적어 좋지 못하다.

사물을 정면에서, 또는 고정된 한 시각으로만 바라보지 않
고 가급적이면 사방에서, 또는 다양한 시각에서 바라보아야
한다. 가능하다면 시각을 그것의 내부로 돌리면 더욱 좋다.
그러면서 한곳 한곳에 초점을 맞춰 깊이 있게 응시하고 애쓰

며 끊임없이 살피면서 고찰하고 음미해야 한다. 늘 자신의 독자적인 견해와 다양한 시각, 그리고 상대적인 입장에서 사물을 바라보고 이것을 작품에 반영시켜 읽는이로 하여금 공감을 갖도록 노력해야 한다.

수필가 강석호는 '수필이 시적 산문이요 산문적 시라면 시에서의 이미지와 리듬, 사정성이 있어야 하고 산문에서의 묘사력과 구성이 중요하다고 본다. 아무리 좋은 내용이라도 그 속에 촉촉히 사람의 마음을 적시는 서정성이 없다면 논설이나 논문을 읽는 기분이 될 수밖에 없고 언어의 표현과 구성이 서툴면 문학 이전일 수밖에 없다.'고 수필의 문학성을 강조한다.

Ⅲ

이상과 같은 내용들은 수필을 쓰기 위해 평소 느낀 점을 몇 가지 정리해 본 것에 불과한 것으로 꼭 정도라고 볼 수 없다. 좋은 수필을 쓰기 위해 독서를 통해서 새로운 체험과 깊은 감동을 얻는 것도 좋은 방법이 될 수 있으며 새로운 것, 기발한 것, 묘한 것을 찾아 헤맬 것이 아니라 생활 속에서 가장 새로운 것을 찾아 진실하게 표현한 그것이 자기 자신의 것으로 되어서 다른 사람을 감동시키게 되는 것이다.

좋은 수필은 재간으로만 쓸 수 없는 글이고 보면 무엇보다 높은 체험의 바탕에서만 이루어지는 글이다. 어떤 글이든지 일단 써서 며칠을 두었다가 다시 읽어 본다. 쓰던 당시의 흥분과 긴장이 다 가시어 마음을 비운 상태에서 냉철히 제삼자의 입장에서 읽어서 어색함이 없으면 일단 안심해도 좋다. 고통을 많이 경험한 글일수록 후일 읽어보면 불만이 적은 글이 된다는 것을 명심해야 하겠다. (1993)

무꽃이 참으로 고마웠습니다

앙상한 자태로 볼품없이 자리를 지키고 있던 산수유나무는
바글바글한 솜털을 닮은 노란 꽃을 한 움큼 뿜어내
주위를 환하게 깨운다. 수십 개의 다발이 불꽃처럼 보이는 조그만 꽃.
마치 작은 우주를 보는 듯하다.
- 〈겨울엔 빨간 꽃, 봄엔 노란 꽃〉

김천 지례 눈 덮인 산중은

든

눈 덮인 산 중의 달은 오늘따라 더 밝아 보이고, 하늘의 별은 낮은 곳에서 빛을 내고 있다. 세월은 쉼이 없고 하루가 다르게 세상은 변하고 있지만 산 중은 아직 예전 모습 그대로이다.

속살을 내어 놓은 황토 길이 그러하고 하늘 높이 자란 소나무가 그러하고 얼음 밑을 흐르는 개울물이 그러하다. 태곳적부터 이곳에 자리하여 산중 이야기를 다 알고 있는 큰 바위가 의젓하게 서 있다.

하루도 빠짐없이 세상을 내려다보고 있는 달과 별은 인간의 행동들이 얼마나 초라한지도 알고 있을 것이다. 자연의 힘은 무한하고 인간의 힘은 유한하다. 오래 산다 하여도 백 년인 것을 자연은 수만 년 전부터 이러한 인간의 모습을 수도 없이 보았을 것이다.

지금 내 앞에 있는 산이며 달이며 별들의 위대함으로 작아지는 내 모습을 본다. 눈 덮인 산, 밤길의 맑음으로 세상 일은 잠시 잊었다. 발길 닿는 대로 산 위를 오르니 다른 세계로 빨려 들어가는 느낌이다. 뒤를 돌아 아래를 내려다보니 저 멀리 마을을 비추고 있는 가로등이 희미하게 보인다. 달과 별처럼 포근하다. 불빛이 새어 나오는 방에서 사람들은 무엇을 하고 있을까? 산중에 동네가 있어 더 아름답다.

하늘은 높고 바다는 깊다. 봄이 가면 여름이 오고 가을이 가면 겨울이 온다. 이것이 모여 세월이 된다. 그 세월이 얼마나 빠른지를 요즘따라 자주 느끼고 있다. 지나온 나의 세월이 많이 흘렀다는 뜻이다.

나를 잊고 살아온 지난 시간들 속에 나는 없고 오직 세월만 있었던 것이다. 내가 아는 작은 세상이 전체인 것으로 착각하면서 살아왔다. 과거를 되짚어 보고 현재를 생각하면서 다가올 미래를 더 소중하게 생각해야겠다는 마음이다.

온 천지를 뒤덮은 고요함으로 머리가 맑아졌다. 김천 지례, 눈 덮인 산중은 아름다운 수채화를 내 삶에 그려준 이정표가 되었다. (2012)

벼 이삭에 묻어온 가을

비는 오락가락, 더위에 지친 몸과 마음을 뺏아간 여름은 언제 떠날지 기약도 없다. 매미는 지치지도 않고 울어댄다. 아직도 들판은 푸르기만 하다. 참깨꽃이 하얀 꽃대를 수북이 달고 줄지어 피어 있다. 수면을 가득 덮은 연잎 사이로 분홍 연꽃이 아름답다. 왕잠자리는 긴 날개를 펄럭이며 쉬지도 않고 고운 비행 중이다.

구름 사이로 잠시 얼굴을 내민 파란 하늘이 반갑다. 왜가리가 논 한가운데서 열심히 먹이를 찾는다. 벼 이삭이 하얀꽃을 피우기 시작하였다. 벼 이삭이 고개를 숙이면 바로 가을이 온다. 대추나무도 연두색 열매를 가득 달아 가지가 늘어졌다.

끝이 보이지 않았던 여름의 자리를 조금씩 밀어내고 가을이 벼꽃과 함께 다가와 있다.

가로수 은행나무는 가지가 늘어지도록 은행알을 달고 있다. 마로니에 나무도 밤처럼 생긴 알갱이를 바닥에 떨어트려 놓았다. 넓직한 잎으로 따가운 햇볕을 막아 주었던 플라타너스 잎들이 갈색을 띠어간다.

어느새 노랗게 익은 은행알들이 늦은 장맛비를 이기지 못하고 인도와 차도에 수북하다. (2010)

무꽃이 참으로 고마웠습니다

당신은 무꽃을 보았습니까? 나는 보았습니다. 가느다란 가지에 꽃대를 달고 차례로 은은한 꽃을 피웁니다. 연보라색 맑음이 있는 꽃입니다.

어릴 때는 수도 없이 보았던 이 꽃을 그동안 잊고 살았습니다. 보리밭 하늘 높이에서 노래하는 종달새도 잊어버렸고, 동네 뒷산에서 자주 보았던 산토끼는 오래전에 잊어버렸습니다.

그때는 늑대가 살았다고 하면 무척이나 신기하게 여깁니다. 봄이 되면 어김없이 찾아오는 제비들도 언제부터인가 사라져 버렸습니다. 고향을 가로지르는 냇가에는 꽁치만큼 큰 은어 떼들이 줄을 지어 오르는 모습도 쉽게 볼 수가 있었습니다. 이제는 모두가 추억이 되었습니다.

무꽃을 보니 노랑나비가 생각났습니다. 꽃이 필 때면 나비가 지천이고, 윙윙거리는 벌들의 소리가 지금도 들리는 것 같습니다. 그때는 이 꽃이 이토록 아름답다는 생각을 해보지도 못했습니다. 모든 것들이 오랫동안 내 곁을 지켜 주리라고만 생각했습니다. 지금은 무꽃을 보기가 쉽지 않기에 잊고 살았나 봅니다.

작년 가을, 텃밭에 뿌리고 남은 무씨가 아까워 화분에 뿌려 보았습니다. 생각보다 잘도 자라 흙속에서 하얀 무가 자라났습니다. 다른 화분들도 많았지만 유독 무가 신기하여 마음이 더 가게 되었습니다.

무는 점점 자라 밭에 키우는 무처럼 크게 되었습니다. 어느 날 갑자기 무청 속에서 꽃대가 쑥 올라와 하루가 다르게 자랐습니다. 또 며칠을 지나니 연보라색 무꽃들이 하나 둘 피기 시작하였습니다.

고향 냄새가 가냘픈 연보라 무꽃에서 솔솔 피어났습니다. 지난 세월의 추억들이 하나 둘 꿈이 되어 나는 고향으로 돌아가 있었습니다. 어릴 때 보았던 고향 산천은 세월과 함께 참으로 많이 변했습니다. 길도 변하고 들판도 변하여 어느 하나 변하지 않는 것이 없어 옛것을 찾기란 참으로 어렵게 되었습니다.

고향 이야기를 생생하게 기억하고 있던 어르신들도 이제 몇 분밖에 남지 않았습니다. 소식이 닿지 않는 친구들이 하나둘 늘어나 가슴이 아픕니다. 세월은 무척이나 빠르지만 가슴에는 그때의 추억들로 가득 차 있습니다. 이제는 짙은 행복과 아름다움이 되었습니다.

오랜만에 나를 뒤돌아볼 수 있게 만든 무꽃이 참으로 고마웠습니다. (2015)

소녀와 고양이

아파트에 혼자 다니는 고양이를 가끔 만납니다. 어디서 살며, 어떻게 먹이를 구하고 있는지가 궁금합니다.

종량제 시행으로 전자카드로 음식물 쓰레기통을 열고 비운 후에 자동으로 문이 닫히게 되어 있으니 아파트에서 먹이를 구한다는 것은 매우 어려운 일입니다. 위험한 도로를 건너 음식점에서 먹이를 구하는 것도 어렵기는 마찬가지입니다.

서성이는 고양이를 볼 때마다 마음이 무겁습니다. 주인 없이 돌아다니는 동물을 보거나, 먹이를 구하기 위해 마을로 내려왔다가 사살되는 야생 멧돼지를 보았을 때 가슴이 아팠습니다.

　아파트 1층 베란다 밑에는 좁은 공간이 있습니다. 화단을 지나야 그 공간으로 갈 수가 있습니다. 며칠 전 그곳에서 나온 검은 새끼 고양이에게 먹이를 주고 있는 소녀를 보았습니다. 이 기막힌 장면을 보여준 소녀는 분명 따뜻한 가슴을 가졌을 것입니다.

　고양이 가족에게는 그곳이 추위와 더위를 피할 수 있는 최소한의 공간이 되었을 것입니다. 열악한 곳을 보금자리로 만들어 새끼를 키우고 있는 어미고양이의 보살핌에 큰 감명을 받았습니다. 그동안 얼마나 두려움을 갖고 생활하였겠는가, 먹이를 구하기 위해 얼마나 고생을 하였겠는가 생각해 보았습니다.

　가슴이 따뜻한 이 소녀가 하루도 빠짐없이 먹이와 물을 챙겨주었나 봅니다. 그냥 불쌍하다는 생각만 한 나 자신이 부끄러웠습니다. 무거웠던 마음을 조금이라도 가볍게 해 준 소녀가 참으로 고맙습니다. 그곳을 지날 때면 언제나 소녀와 고양이가 생각났습니다.

　어느 날 고양이가 살고 있는 곳에 예쁜 플라스틱 먹이통과 물그릇이 보였습니다. 자세히 보니 물과 사료가 담겨져 있고 소녀가 고양이에게 먹이를 주고 있습니다. 집에서 기르는 애

완 고양이처럼 편안하게 먹이를 받아먹는 고양이 가족을 보고 많은 생각이 듭니다. 사람의 정을 피부로 느낀 고양이 가족도 가슴이 따뜻한 소녀의 보살핌을 고맙게 생각하고 있는 것 같았습니다. 참으로 아름다운 광경이었습니다.

　지극한 사랑으로 보살펴 주고 있는 이 소녀의 장래는 누가 무어라 해도 행복할 것이라고 확신합니다. 소녀와 말은 나누지 못했지만 소녀와 고양이의 따뜻한 교감이 나에게도 행복감을 주었습니다.

　고양이 가족이 살고 있는 곳은 이제 맥문동이 수북하게 자라 제법 아늑한 보금자리가 되었습니다. 마음을 따뜻하게 만들어 준 소녀와 고양이가 살고 있는 아파트 정원에 철쭉과 이팝나무 흰 꽃이 가득 피었습니다. (2015)

상추

상추를 참으로 좋아합니다. 세월이 흘러도 변함없이 우리 곁에 남아서 사랑받고 있으니 어찌 좋아하지 않겠습니까? 우리 식탁에 가장 많이 올라오는 채소 중에 하나입니다.

상추를 먹을 때는 고향이 생각납니다. 가난한 시절에도 상추는 늘 우리 곁에 있었습니다. 작은 밭이라도 한 줄 고랑에는 늘 상추가 심겨져 있었습니다. 들일을 마치고 돌아오시는 부모님 소쿠리에는 으레 상추가 담겨져 있었습니다. 차가운 우물물로 씻은 상추에 된장, 고춧가루, 다진 마늘을 비벼 만든 쌈장으로 먹었습니다. 그 맛은 진한 행복이 되어 잊히지 않는 추억으로 남았습니다. 지금도 변함없이 상추는 사랑을 받고 있지만, 그때의 상추 맛이 최고였다는 생각에는 변함이 없습니다.

어릴 때부터 지금까지 사랑을 받아 온 상추, 쑥갓, 열무, 배추, 무, 가지, 호박, 우엉, 파와 같은 채소들이 참으로 소중하다는 생각이 듭니다. 그들이 가지고 있는 영양소의 놀라운 가치를 보면 잘 알 수가 있습니다. 재배 기술의 발전으로 일 년 내내 먹을 수 있게 되었지만, 들판에서 키운 제철 채소가 최고입니다.

어릴 때는 들어보지도 못했던 채소들도 많이 생겼습니다. 영양분이 많다는 아스파라거스, 피망, 양상추 등의 채소가 자주 식탁에 오르지만, 예부터 즐겨 먹었던 채소들이 더 좋습니다.

상추를 떠올리며 어린 시절의 고향을 생각합니다. 아름다웠던 기억들이 나를 행복하게 합니다. (2014)

겨울엔 빨간 꽃, 봄엔 노란 꽃

봄이 언제 오려나? 이불 속 겨울잠이 답답하고 봄을 향한 마음이 피부를 간질여 준다.

정원에는 갖가지 나무들이 자란다. 그중 빠지지 않고 한 자리를 차지하고 있는 나무가 있다. 수형이 아름답지도 않고 겉모양이 매끄러워 보기 좋은 것도 아니다. 껍데기를 더덕더덕 붙이고 볼품없이 서 있어 일부러 살피지 않으면 눈길이 가지 않는다.

겨울은 잿빛이다. 바라보이는 것들이 황량하기만 한데 어느 한 나무에 빨간색 꽃이 보여 다가가보니 잎도 다 떨어진 앙상한 가지에 빨간 열매가 알알이 달려 있지 않은가! 볼품없이 자리를 차지하고 있던 그 나무이다.

지난 봄, 노란 꽃을 수북이 피워 봄을 가장 먼저 알려주었던 산수유나무. 꽃이 달려있던 그 자리 그 모양대로 빨간 열매들이 달려 겨울 꽃을 피우고 있다.

직박구리 한 마리가 빨간 열매를 쪼아 먹고 있다. 봄에는 벌을 키우고 겨울에는 새를 살리는 나무. 우짖는 직박구리도 나처럼 산수유를 좋아하고 있는 것일까! 열매를 쪼아 먹는 새의 모습과 말없이 내어주는 나무의 모습에 가슴이 먹먹하다.

계곡물이 얼음덩이 속에서 물방울을 만들어 청명한 소리를 내면 봄이 시작된다. 버들강아지는 솜털을 부풀고, 세찬 바람을 견디고 겨울 보낸 새순들이 봄을 깨운다. 봄은 남쪽에서 북쪽으로 따뜻함을 전해주고 가을은 북쪽에서 남쪽으로 겨울을 전해주고 간다. 노란 유채꽃은 남쪽에서부터 봄이 왔음을 알려주는 전령사가 되었다.

앙상한 자태로 볼품없이 자리를 지키고 있던 산수유나무는 바글바글한 솜털을 닮은 노란 꽃을 한 움큼 뿜어내 주위를 환하게 깨운다. 잎도 피기 전에 먼저 꽃을 피워 봄을 알려주는 나무. 무심하게 보면 그냥 한 송이 노란 꽃으로 보이지만 가까이서 보면 수십 개의 다발이 불꽃처럼 보이는 조그만 꽃.

수십만 개의 꽃들이 올망졸망 피어있는 모습을 가까이서 들여다보면 마치 작은 우주를 보는 듯하다.

왜 이런 모습으로 꽃을 피웠을까? 벌들이 날아오면 단번에 수십 개의 꽃을 수정할 수 있다. 수정된 열매들이 비바람에 떨어져도 가을이 오면 어김없이 빨간 열매들이 소담스럽게 달린다.

회색의 골짜기를 노란색으로 물들이고 봄을 기다리는 사람들에게 기쁨을 전해주는 꽃. 다른 나무들은 아직 잠자고 있을 때 먼저 깨어나 봄을 알려주고, 앙상한 가지만 남기고 모든 나무가 겨울잠에 들 때, 또 한 번 겨울 삭막한 정원을 따뜻하게 밝혀준다. 하얀 눈을 소복이 얹고 있는 모습은 더할 나위 없이 아름답다. 그래서 꽃말도 '불멸의 사랑'인 것일까. 잊었는가 싶을 때 변함없이 사랑을 피워 올리는 나무.

봄에는 노란색으로, 겨울에는 빨간색으로 두 번씩이나 따뜻한 행복을 준 나무이기에 나와 특별한 인연이 되었다.

(2021)

땅 위로 올라온 지렁이

비가 내리다 개면 흙에서 살다가 밖으로 나온 지렁이가 포장된 길바닥으로 나와 느릿느릿 기어가다가 다시 흙 속으로 돌아가지 못하고 그대로 말라 죽거나 사람이나 자동차에 밟혀 죽고 마는 경우를 많이 보았다.

어떨 때는 비둘기나 까치들의 먹이가 되기도 하였다. 포장 길을 건너지 못하고 길바닥에서 꿈틀거리고 있는 지렁이를 보면 왠지 불쌍하다는 생각이 들어 휴지로 싸서 다시 흙이 있는 화단으로 보내어 주는 경우도 내게는 종종 있는 일이다.

자연의 이치로 새들의 먹이가 되는 것은 그렇다 치더라도 이 광경을 지켜본 이상 다시 흙으로 보내어 주는 것은 당연한 도리라 생각하고 있다. 땅속이 자기들이 살 집이고 흙을 뒤집어 부드럽게도 하고 공기 유통을 잘 되게도 하여 땅을 기름지게 하는 매우 이로운 땅속 동물이다.

세상에 살아가는 동식물들은 저마다 생존하는 이유가 있다. 아무런 존재 가치가 없다고 생각되는 잡초들도 한참 지난 후에 새로운 존재가치가 발견되어 귀한 대접을 받는 경우를 수도 없이 보았다.

동물 또한 그렇다. 우리를 오랫동안 괴롭혀 오고 있는 쥐들도 각종 의약품을 개발하는 데 인간을 대신하여 실험용 동물이 되어 사용되기도 하고 부엉이나 고양이의 먹이가 되지 않는가.

무서운 사자도 호랑이도 늑대도 하이에나도 있어야 동물들이 균형을 맞추어 살아갈 수 있게 만들어주는 것이다. 이들이 연결해주는 먹이 사슬로 인하여 동물들의 개체 수를 유지할 수 있다고 한다. 산천에 있는 풀과 꽃들도 다 소중하기에 우리가 그 속에서 행복을 느끼며 살고 있다.

식물도 함부로 꺾거나 베지도 말고 동물은 함부로 다치게 죽이지 않아야 한다. 동물 중에는 한 번 짝을 이루면 평생을 같이 지내는 동물들도 얼마나 많은가. 그들 중에 한 짝을 잃어버리면 남은 한 짝은 단짝을 그리워하며 평생 슬픔 속에 살아가지 않겠는가. 동물들도 슬퍼할 줄을 안다. 그들도 슬프면 눈물을 흘린다. 슬픔을 소리로 표현하기도 한다.

우리 인간은 그들 중에 제일 우월한 존재이다. 감정을 말로도 하고 동작이나 몸짓으로 자기 생각을 전하기도 한다. 이러하기에 우리를 행복하게 만들어주는 동식물의 고마움을 알아서 그들을 이해하고 돌보아 줄 책임이 있는 것이다. 세상에 동식물이 없고 인간만 남아 있다고 생각해보면 지옥과 다름이 없을 것이다.

각양각색의 동식물이 땅 위에서도 살고 바다 호수나 강 속에서도 살고 있다. 산과 계곡이 있고 사시사철이 있고 하늘이 있고 구름이 있고 바람이 있고 해와 달과 별이 있고 눈 내리는 겨울이 있는가 하면 꽃 피는 봄과 더위를 가져다준 여름이 있어야 수확을 할 수 있는 가을도 있는 것이다.

하나님은 참으로 위대한 존재이며 우리가 이룰 수 없는 모든 것을 이루어 내는 것이다. 그 위대함 속으로 들어가 보면 우리는 참으로 미약하고 나약한 존재임에 틀림이 없다. 그러하기에 우리가 잠시 살다 갈 이 세상에서 어떻게 살아야 하겠는가 생각해야 한다. 동식물의 존재 의미가 있는 것같이 우리도 존재 의미가 있다. 우리에게는 생각하고 실천하며 세상을 바꾸어 갈 힘이 있다.

동식물들이 우리와 함께 살아감으로 우리 또한 행복을 느낄 수가 있는 것이다. 그들의 존재 의미를 알고 그들의 권리도 존중할 줄 알아야 한다. 살아서 이러한 것들을 실천할 수 있는 존재 자체가 행복이다. 내가 구해 준 지렁이도 나에게 고마워할 것으로 생각하니 종일 행복하였다. (2019)

아름다움이여

[1]

논두렁 사이에서 살며시 돋아나는 엷은 초록색 풀잎이며, 가지끝에서 솜털 봉오리를 맺고 조금씩 꽃송이를 내밀어 보이는 목련의 수줍은 모습이며, 노오란 개나리의 황금빛 황홀함이며, 구석 풀섶에서 피어나는 할미꽃의 가련한 부끄러움이며, 아기 병아리를 품고 있는 어미닭의 포근한 모정이며, 끝없이 펼쳐진 유채꽃의 노오란 출렁임이며, 그물코를 손질하는 어부의 그을린 모습이며, 돌 틈에서 겨울을 이겨내고 피어나는 버들강아지의 끈질긴 생명력이며, 거울같이 맑고 손 시리게 느껴지는 개울에서 웅크리고 있는 비단 개구리의 맑은 모습이며, 커다란 돌 밑에서 조금씩 움직여 보는 가재들의 두려운 모습이며, 양지쪽 담밑에서 소꿉놀이를 하는 동네 꼬마들의 천진스러움이며,

[2]

가냘픈 풀잎 이슬의 맑음이며, 영롱한 반짝임이며, 나뭇잎 사이로 찾아온 안개구름의 조용함이며, 구름 사이를 뚫고 찾아온 실 햇빛의 반가움이며, 억새풀 사이로 춤추는 아지랑이의 화려한 율동이며, 보리밭 사이를 분주히 움직여 보는 종달새의 날렵한 모습이며, 창공을 비상하여 끝없이 노래하는 정열이며, 푸름 속에서 진한 향기를 내뿜고 피어나는 장미꽃의 호화로움이며, 계곡에서 흘러내리는 물소리의 청명함이여, 실가지에 사뿐히 내려앉아 하늘거리는 가지 춤에 맞추어 지저귀는 작은 새의 갖고 싶은 소리여, 새벽의 수면 위로 피어나는 안개꽃의 신비로움이며, 파도가 부딪혀 하얀 물보라를 내뿜는 갯바위의 의젓함이며 용맹스러움이며, 바위틈으로 분주히 움직이는 작은 게들의 평화로움이며, 두려움의 바다 위를 사뿐히 나는 갈매기의 시원스러운 모습이며 잔잔한 바다 위를 평화롭게 수놓은 양식장의 하얀 부표들과 푸른물의 절묘한 조화로움이며, 기왓장 위에 돋아난 이끼류의 끈질긴 생

명력이며, 황금 물결을 이루는 보리밭의 풍요로움이며, 수북히 쌓여있는 수박 참외들의 탐스러움이며, 주렁주렁한 꽃송이를 달고 짙은 내음을 내뿜는 아카시아의 진한 아름다움이며, 꿀을 모으는 일벌들의 강인한 정신력이며,

[3]

황금빛 저녁놀의 두려움이며, 비단 잔디 위에서 쳐다본 청잣빛 하늘이며 온갖 형상으로 수놓은 하얀 구름의 절묘한 예술성이며, 붉게 타오르는 단풍들의 수채화 놀이며, 떨어지는 낙엽을 보고, 슬퍼하는 소녀의 깨끗한 마음이며 누렇게 익어가는 들녘의 풍요로움이며, 고개 숙인 벼이삭의 진실함이며 주렁주렁 달려 있는 빨간 사과들의 싱싱함이며 먹고 싶음이며, 피부에 와닿는 상쾌한 바람 내음새며, 갓 피어난 코스모스의 맑고 가냘픈 모습이며, 안갯속에 밝아오는 새벽의 깨끗함이며 조용함이며, 은은히 들려오는 시골 교회의 종소리의 일깨움이며, 암자에서 흘러나오는 독경소리, 바람소리, 물소리의 오묘한 조화로움이며, 마당을 맴도는 고추잠자리의 깨끗한 모습이며 나무 통속을 타고 내리는 물소리의 고요함이며, 저녁놀을 벗 삼아 날아가는 기러기의 정연함이며, 재잘거리며 등교하는 아이들의 천진스러움이며 순진함이며, 만국기

가 펄럭이는 운동회의 긴장된 모습이며, 달리는 자식을 대견
스럽게 생각하며 끝없이 성원하는 부모의 애틋한 마음이며
즐거웠던 기억이며, 막걸리 잔을 기울이며 앞서 고생을 즐거
움으로 생각하는 소박한 농부의 모습이며 귀뚜라미 울음소
리 세월의 깨우침이며, 탱자나무 울타리를 재빠르게 나는 참
새들의 분주한 지저귐이며, 구름 사이로 얼굴을 내미는 초승
달의 청아함이며,

[4]

마을 굴뚝에서 피어오르는 저녁 연기의 따뜻함이며, 사뿐
히 내려오는 첫눈의 하얀 기쁨이며, 처마 끝에 매달려 있는
고드름의 정교함이며, 모금함에 넣어지는 고사리 손의 따뜻
함이며 사랑스러움이며, 포장집들의 포근한 불빛이며, 저수
지 가운데서 한가롭게 먹이를 찾는 철새들의 여유스러움이
며, 담요통 속에서 새어 나오는 군고구마의 구수한 내음새며
뜨거워 이 손 저 손으로 옮겨가며 껍데기를 벗겨내고 맛있게
먹는 아이의 모습이며, 질서 정연하게 걸려있는 그림들의 고
상함이며 성숙함이며, 안방에서 자식들의 옷을 뜨개질하는
어머니의 포근한 손길이며…….

영원히 간직하고픈 아름다움들이다. (1987)

향기로운 모과 내음이

마당 한구석에 두 그루의 모과나무가 사이 좋게 자라고 있다. 어떤 해는 많이 열리고 어떤 해는 적게 열린다.

작년에는 모과가 주렁주렁 열려서 익기 시작할 때 스며 나오는 향그러운 모과 내음이 조그마한 마당을 꽉 메웠다. 모과 내음에 취하여 잠을 잊어버리고 마당에 서서 시간 가는 줄을 몰랐던 때도 있었다.

모과나무가 준 느낌이 많이 남아 있다. 마당에 있는 나무들 중에서 제일 늦게 잎이 돋아난다. 다른 나무의 잎들은 연둣빛 색깔을 띠며 꽤나 자랐을 때 아직도 잎이 돋아나지 않기에 혹시 얼어죽지나 않았나 하는 느낌을 매번 주는 나무다. 제일 늦게 돋아난 잎 사이로 꽃들이 피어나기 때문에 개나리나 라일락, 목련에 비하여 모과꽃은 아름다운 느낌이 별로 없다. 다른 나무들은 꽃이 지고 난 다음에 잎이 무성하여 마당을 푸르게 하는 데 비하여 모과나무는 잎들이 억세며 적기 때문에 초라하기까지 하다. 가족들은 몇 번이고 모과나무를 캐내고 다른 나무를 심어야 된다고 한다. 열매도 적게 맺고 진딧물이 많이 생긴다는 이유이다. 그렇지만 모과나무도 언젠가는 우리 가족들을 즐겁게 할 것이라 생각하여 그대로 키우기로 하였던 것이다.

그런데 작년 가을에는 풍성하게 달린 노오란 모과들이 가족들의 마음을 기쁘게 해 주었다. 많이 열린 것은 물론이요 처음에는 캐서 다른 나무로 바꾸자고 한 가족들이 그 일을 잊고 노랗게 익어가는 모습을 쳐다보면서 우리 집에 온 손님들에게 모과 자랑을 많이 하였다. 가을 내내 모과나무는 우리 가족들을 즐겁게 해 주었다.

서리가 와서 사다리를 놓고 모과를 땄다. 막내는 광주리를 가지고 딴 모과를 담았다. 흥이 나는지 막내는 모과를 받자마자 큰 소리로 모과를 헤아린다. 몇 개 되지 않을 것이라 생각했는지 조그마한 광주리를 가져와 담고 있다가 놓아두고 큰 광주리를 가져왔다. 어릴 때 시골에서 자랐기 때문에 밤도 따 보고 감도 따 보았다. 광주리에 가득 담길 때의 만족감은 어린 마음에도 충분히 느낄 수 있었다. 도시생활 속에서도 막내에게 모과를 딸 수 있는 기회를 마련한 모과나무가 고맙다. 예순 개가 훨씬 넘었다. 앞집, 뒷집, 동생집에 몇 개씩 나누어주니 모두들 고마워한다. 남은 모과를 광주리에 담아 방마다 놓아두니 방 안이 온통 모과 향기로 가득하다.

개나리, 목련, 라일락도 우리 가족에게 즐거움을 주었지만 모과나무 또한 우리 가족에게 큰 기쁨을 주었다.

어릴 때 모과나무의 기억은 동네 빈터에 괴상망측한 모양으로 방치된 고목이었다. 뿌리가 땅위로 올라와서 꼬여있는 것도 있고 가지는 바람과 번개로 부러져 볼품이 없었다. 나무둥치에는 커다란 구멍이 뚫려있어 온갖 물건들이 다 들어 있었다.

이런 상태에서도 몇 가지는 싱싱하게 자라서 잎이 돋아나고 꽃이 피어 모과를 맺기도 한다. 동네에서는 귀신 나오는 나무라 하여 모두들 무서워했다. 옆을 지나가면 두려움으로 돌멩이를 주워 나무 위로 던지곤 했다. 이렇게 하여 더 상처가 심하게 되었는지 모르겠다. 돌멩이에 맞아 떨어진 모과를 주워 바지에 닦아 조금 깨물어 먹어보면 너무나 시어서 눈쌀을 찌푸리기가 일쑤였다. 조금 가지고 있다가 곧장 버리곤 하였다.

모과를 가만히 보면 비슷하게 생긴 모과보다 다르게 생긴 모과들이 더 많을 정도로 볼품이 없다. 어른들은 아이들을 골려주기 위하여 모과처럼 생겼다고 하면 아이들은 얼굴을 붉히며 자신이 모과가 아니라고 한 것들도 기억이 난다. 또 자기 집 아이를 보고 너는 큰 다리 밑에서 주워온 아이라 하여 애를 태우는 아이를 귀엽게 본 것도 재미있는 모습 중에 하나였다.

한동안 잊혀졌다가 집집마다 한두 포기씩 모과나무가 심어지는 이유는 도시 기후에 잘 적응하는 억척스러움과 노오란 모과의 탐스러움, 익을 때 향기로움을 우리에게 주기 때문일 것이다.

올해도 작년처럼 모과를 많이 맺게 하여 향긋한 내음새로 가을을 흠뻑 취해보고 싶어 봄부터 부지런히 모과나무를 손질했다. 나무 둘레를 깊게 파서 거름을 넉넉히 넣어주고 가지가 무성하면 가지치기를 하여 주고 나무껍질도 벗겨 주었다. 노력의 결과인지 작년보다 꽃이 많이 피었다. 올해도 좋은 가을을 맞이할 수 있겠구나 하여 기대를 걸어 본다. 꽃잎이 떨어지고 잎이 무성하여졌다. 얼마간 자라서 그 모습이 나타날 때가 되었는데도 열매는 찾을 수가 없었다. 그 후 두 그루에서 나타난 모과는 모두 열 개도 되지 않았다. 실망이다.

어릴 때 시골 앞마당에 심어져 있는 감나무에서 해걸이를 한다는 사실을 익혀 왔기 때문에 모과도 해걸이를 한다는 사실을 알 수 있었다. 열과 성의로 효과를 볼 수 있는 것도 많지만 원래의 생태를 바꾼다는 것은 매우 어렵다는 것도 느낄 수 있었다. (1984)

계절을 가르쳐 준 아카시아꽃 향기가

　　　　　　계절의 감각을 잊어버리고 많은 날들을
바쁘게 보냈다. 퇴근길에도 아무 생각없이 걸어갈 뿐이다.
어디선가 향긋한 향이 코끝에 스며온다. 주위를 살펴보니 언
덕 위에 아카시아 꽃이 피어 있다. 연둣빛 잎사귀 사이로 포
도송이처럼 주렁주렁 달려있는 꽃뭉치 속 짙은 향기, 화려하
거나 귀족적인 멋은 없어도 진한 향기로 계절의 감각을 일깨
워 준다.

　사랑스러운 나무라 여기지는 않는다. 우리 산이 황폐되었
을 때 산사태나 홍수를 막기 위해서 심어진 나무이다. 박토
에서도 잘 자라며 왕성한 번식력으로 산을 푸르게 하는 데

자기의 역할을 다한 나무이지만 오월을 제외하고는 별 도움이 되지 않는다. 오월만큼은 아카시아의 짙은 향기가 우리를 즐겁게 한다.

추석 무렵 산소에 가보면 번식력이 강하여 묘소 주위를 제일 괴롭히는 나무가 아카시아라는 것을 알 수 있다. 없애기 위하여 뿌리를 캐내어 보기도 한다. 그러나 이듬해에 보면 또 새로운 가지들이 올라와 자라고 있다. 석유로 뿌리를 태워 보기도 하나 결과는 마찬가지다. 특효약으로 가지를 자른 후 붓으로 약을 칠하여도 보지만 없어지지 않는 지독한 나무로 내 의식 속에 남아 있지만 오월의 꽃향기로 하여 나쁜 기억을 잊어버리게 하였다. 끝까지 생존하려는 불굴의 의지를 배울 수 있었고, 쓸모 없는 나무도 때에 따라서는 가치가 달라질 수 있다는 것을 깨달았다.

기운 없이 걷고 있던 나는 힘이 솟아난다. 아카시아 꽃향기가 있어 오월은 더욱 아름다운 계절이라는 것을 느낄 수 있었다. (2010)

귀뚜라미 소리를 들으면서

귀뚜라미 소리가 유난히도 크게 들린다. 여름철에는 무더위 때문에 귀뚜라미 소리를 들을 수 있는 여유가 없었기 때문일 것이다. 귀뚜라미 소리와 함께하는 조용한 시간에 지나간 일들과 다가올 일들에 대해 생각한다.

열대 지방에 살고 있는 사람들은 생활에 의욕이 적고 게으르다고 생각한다. 올해, 35℃를 오르내리는 처음 겪는 더위에 모두들 아우성이었다. 밤늦게까지 계속되는 열대야에 잠을 이루지 못하였던 기억, 더위를 떨치기 위해 홍수처럼 산과 바다로 떠나지 않았던가? 이런 더위 속에서 계속 생활해야 한다고 가정해 보았을 때 적응하여 살 수 있을까? 열대 지방 사람들은 오랜 세월을 지나는 동안 기후에 적응하여 살아가는 방법을 터득하였을 것이다. 우리도 열대 지방에서 오랜 세월 동안 산다면 결국 그곳 생활에 익숙해질 것이다.

봄, 여름, 가을, 겨울이 확실히 구분되는 우리나라를 선조들은 금수강산이라 불렀다. 꽃들이 피기 시작하는 봄이며, 모든 동식물들이 왕성하게 자라는 여름이며, 결실의 가을, 운치 있게 눈 내리는 겨울. 일 년 내내 여름인 열대 지방이나 겨울만 있는 한대 지방에 비교하면 우리는 얼마나 좋은 기후를 가졌는가? 이곳에서 태어나게 은총을 베풀어주신 하나님께 백 번이라도 감사드리는 마음을 가져야 하겠다.

외국에 가보지 못한 사람들은 조국이 우리에게 주는 고마움을 잘 알지 못한다고 한다. 영원히 우리가 살아가야 할 땅, 정말 잘 가꾸고 보호해야 하겠다. 올여름에 바다, 산, 계곡을 다녀온 사람은 지금까지 우리가 행동하고 실천한 자연보호에 대하여 한 번쯤 돌아볼 필요가 있다.

깨끗하여야 할 산과 계곡, 강변과 해변이 쓰레기로 너절하고 구석구석 악취가 풍긴다. 전보다 나아졌다고는 하나 아직도 누가 보지 않거나 주위가 너절하면 환경에 동화되어 쓰레기를 휴지통이 아닌 곳에 아무렇게나 버리는 사람들이 많다. 나 자신에게도 어디에 해당되는가 묻는다. 이렇게 오염되어

가다가는 얼마 되지 않아 금수강산이라는 말도, 아름다운 의미도 잃어버리게 될 것이다. 우리가 태어나고 다시 돌아갈 우리의 땅이다. 아름다운 조국 강토를 있는 그대로 보호하기 위해서 자신이 해야 할 일이 무엇인가를 생각하여 꾸준하게 실천해야 한다. 표어처럼 '인간은 자연 보호, 자연은 인간보호'가 되어야 한다.

귀뚜라미 소리를 듣고 있으면서 어릴 때 고향에서 같이 자란 친구들을 생각한다. 밤하늘에 별빛과 귀뚜라미 소리는 어릴 때와 변함이 없지만 친구들은 많이도 변했다. 서울과 부산 등지로 진출하여 생활 기반을 잡고 사회적으로 이름이 알려진 친구며, 사업으로 크게 성공한 친구, 시골에서 고향을 지키며 묵묵히 생활하는 친구도 있다. 여러 분야에서 모두들 자신의 개성대로 충실히 일하여 왔다. 누가 더 인생을 충실히 살아왔을까 하는 평가는 아무도 할 수 없고, 자신만이 내릴 수 있는 결론이다. 성실히 생활하고 최선을 다한다는 것은 매우 어려운 일임에 틀림이 없다. 그렇지만 우리 모두는 이를 실천하여야 한다.

가을은 귀뚜라미 소리와 함께 여러 가지 생각들을 일으키게 하는 계절인가 보다. (1986)

마지막 선물

고맙고,
감사하고,
영원히 사랑합니다.
당신과 함께 한 세월이 너무나 행복하였습니다.
- 〈마지막 선물〉

하루 종일 집에서

　　　　　하루 종일 집에서 아무 생각 없이 지내보
기로 했다. 늦잠을 자 보기로 했으나 다른 날보다 더 일찍 잠
을 깨 잘 수가 없다. 텔레비전은 재미가 없고, 책을 읽을까 해
도 마땅한 책이 보이지 않는다.

　보고 싶은 사람에게 전화하고 싶어도 그동안 아무런 연락
을 하지 않다가 갑자기 전화한다는 것이 예의가 아닌 것 같아
마음을 접었다. 화분 갈이도 하고, 지저분한 곳을 치워 주니
기분이 좋다. 서랍장 속을 정리해 보니 그동안 잊고 있었던
자취가 나타나 마음이 새롭다. 아무리 찾아도 없던 물건도 보
이고, 유통 기한이 지나 못 쓰게 된 약봉지며, 옛 사진이 있어

그때 생각이 난다.

바쁘게 살아온 세월이 길게 느껴진 때도 있었으나 지금은 세월이 너무도 빠르다는 느낌이 든다. 지금의 하루는 지난날의 하루보다 더 소중하다. 일상을 탈피하여 새로운 것을 찾으려고 해도 실패의 두려움 때문에 예전 같은 용기가 나지 않는다.

옷장을 열어보니 처음 보는 옷이 있는가 하면, 아끼다가 유행이 지난 옷들도 보인다. 계절에 맞추어 열심히 입고 다녔으면 좋았을 것을 한 번도 입지 않은 옷들을 보니 후회가 된다. 옷을 거실에 널어놓고 버릴 것을 가려 보지만, 아깝다는 생각이 들어 버릴 마음이 생기지 않는다.

집안일을 돌보는 것이 직장 일보다 더 힘들다는 사실을 이제야 알 것 같다. 직장에서는 맡은 일만 하기에 일거리를 알 수 있지만, 집에서는 그렇지 못하기 때문이다. 하루 종일 푹 쉴 수 있는 여유가 없는 휴식은 의미가 없다. 집에 있어 보니 할 일이 수도 없이 보인다. 그동안 미루어 놓은 일들을 챙겨서 하다 보니 지쳐서 그만두고 싶은 생각이 든다.

얼마 전 자유여행가 한 사람이 라오스 오지 마을에 들렀다가 그곳 사람과 나눈 이야기를 듣고 깜짝 놀랐다. 그들은 일거리가 없어 우리나라 돈으로 하루에 150원 벌기도 힘들며,

도시에 나가 집을 사서 편하게 사는 데는 200만 원 정도면 충분하다고 한다. 적은 돈으로도 큰 행복을 느끼는 라오스 사람들의 행복을 나도 한 번쯤 생각해 보아야 하겠다.

행복은 마음에 따라 정해지는 것이지 결코 물질적인 것이 아니다. 긍정적인 마음으로 자신보다 더 어려운 사람을 생각해 보면 그것이 행복이 되는 것이다. 수많은 외국 근로자들이 가족을 두고 우리나라를 찾은 이유를 생각해 본다. 그들은 우리 땅을 밟으면 반드시 성공할 것이라고 믿고 있다.

하루 종일 집에만 있다고 해서 답답하기만 한 것은 아니다. 병원에 입원하고 있다고 생각하면 집에 있는 것이 얼마나 행복한 일인가. 아무 욕심 없이 인생을 출발하면 더 이상 잃을 것이 없으니 행복하고, 하나를 가지면 그것이 작은 행복이 되는 것이다.

동물이나 식물도 인간과 함께 살아갈 수 있는 권리가 있다. 그들보다 우위에 있다고 해서 함부로 대하는 것은 사람의 도리가 아니다. 동식물을 학대하는 것은 그들에게 폭력을 행하는 것이다.

삶에는 자유만 있는 것이 아니라, 절제된 규범과 최소의 윤리 의식이 필요한 것이다. 빈손으로 왔다가 빈손으로 돌아가는 것이 인생이지만, 남에게 봉사와 희망을, 보람과 행복을 주었는지 여부가 성공한 삶을 결정하는 것이다. 겸손과 최선이 그리고 감사와 희생이 값진 삶이 되는 것이다.

하루 종일 집에서 이런 일과 생각을 할 수 있는 나는 행복한 사람이다. (2007)

외손녀와 다투는 할아버지

다섯 살 때부터 돌보아 주는 외손녀가 있다. 막내딸 부부는 맞벌이 부부로 어렵게 자식 하나를 얻게 되었다. 정년퇴임을 하고 난 후 별다른 일도 없고 자식에게 도움을 주는 것이 유일한 즐거움이었다.

어렵게 얻은 외손녀를 좀 더 가까이서 돌보아 주기 위해 막내딸이 사는 아파트 같은 동 같은 라인을 어렵게 구하여 이사를 오게 되었다. 처음 이사 올 때는 다섯 살이던 것이 지금은 일곱 살이 되어 유치원에 다닌다.

엄마나 아빠보다 할아버지나 할머니를 더 잘 따르고 애교도 많고 예쁜 짓을 많이 하여 하루하루가 보람되고 즐거웠다.

그런데 아내는 갑자기 찾아온 지병으로 외손녀를 돌보아 주지도 못하고 병을 이기지 못하여 삼 년 전에 세상을 떠나고 말았다.

손녀를 돌보기 위해 이사를 왔는데 떠나간 아내의 마음이 얼마나 안타까울까 생각하여 내가 그 일을 맡아 지금까지 별 탈 없이 지내왔다. 할아버지 생일이 되면 어설픈 솜씨로 그림과 함께 손편지도 쓰고 용돈을 모아 할아버지 용돈도 주며 애교를 부릴 때면 짜증 나는 일이 있어도 금방 사라지곤 하였다.

한 살씩 자라면서 자기주장이 조금씩 강해지더니 말을 잘 듣지 않는 경우가 늘어나게 되었다. 텔레비전 앞에서 떨어져 있어야 한다고 해도 행동을 고치지 않고 심부름을 시켜도 말을 잘 듣지 않는다.

딸과 사위가 출근한 후 등원 시간까지는 두 시간의 여유가 있다. 그 시간에 계속 텔레비전에 매달려 있는 손녀가 안타까워 떨어져 보라고 해도 말을 듣지 않는다. 말을 듣지 않으면 할아버지는 집에 가겠다고 하니 할아버지 밉다고 하며 엉엉 운다. 조기에 버릇을 고치지 않으면 안 되겠다는 생각이 들어 우는 아이를 두고 현관으로 나가려고 하니 가면 안 된다고 매달리기에 텔레비전을 끄고 기다리면 다시 온다고 하며 현관

문을 열고 나갔다.

　잠시 있다 다시 문을 열고 들어가니 아직도 울고 있다. 텔레비전을 끄고 말을 잘 듣겠느냐고 하니 눈을 비비면서 고개를 끄덕인다. 소파에 앉아 손녀를 불러 옆에 앉히고 할아버지 말을 잘 들어서 유치원 갈 때까지 텔레비전을 보아도 된다고 하니 금방 기분이 좋아진다. 유치원 차량 승차장까지 가는 길에 손도 잡고 화단 옆에서 사진도 찍고 버스에 타고는 손도 여러 번 흔들고 하트 모양을 보낸다.

　등원시키고 생각하였다. 할아버지가 해야 할 일이 무엇인지 손녀 눈높이에 맞는 가르침을 주었는지를 생각해 보았다. 겨우 일곱 살 손녀를 울게 한 가르침이 옳은 것인지를 다시 되돌아보게 되었다. (2018)

40년간 같이 지내 준 자개장롱

처음으로 집을 산 후 가보 1호는 자개장롱이었다. 그 후 세 번 이사를 하는 동안 지금까지 우리 가족을 지켜주었다. 이사할 때마다 버리고 새것으로 바꾸라는 말을 들었지만, 우리 부부는 바꾸지 않았다.

처음 안방에 자리했을 때의 기억이 아직도 생생하다. 새 집을 장만하여 처음 안방에 자리잡은 자개장롱은 집의 품격을 크게 높여 주었다. 자개장롱에 새겨진 십장생 그림들이 반짝이며 운치를 더해주어 우리 부부는 행복한 생각에 젖어 밤새 잠들지 못하기도 하였다. 시간이 날 때마다 들기름을 묻힌 수건으로 몇 번이고 닦아 주기도 하고 장롱에 새겨진 무늬를 보고 그것이 무엇을 뜻하고 있는지를 새겨 보기도 했다.

그 후 40여 년간 우리 가족과 함께 세월을 보냈다. 떨어져 있는 직장 때문에 아내와 자식을 집에 두고 주말이 되어야만 집으로 돌아와 하루를 같이 있다 헤어지는 일이 반복되었지만, 안방을 지켜주고 있는 자개장롱 덕분으로 떨어져 있어도 항상 마음은 평안하였다.

세월이 흘러 삼 남매를 얻었고, 아내와 떨어진 생활도 끝을 보아 안정된 생활을 하게 되었다. 이제는 자식들도 다 출가하여 자기 가족을 돌보면서 각자의 생활을 하고 있다. 40여 년간을 안방에 자리잡고 가족들의 기쁜 일과 슬픈 일들을 다 지켜보고 기억하고 있는 장롱은 우리 가정의 산 역사가 되었다.

장롱을 볼 때면 자개 하나하나에 새겨진 추억들이 선명하게 번져 나온다. 큰딸이 가고 싶었던 대학교 학과에 합격했다는 소식을 듣고 가족들이 모여서 기뻐했던 날도, 장남이 대학을 졸업하고 원했던 직장에 합격한 날도, 막내딸이 다리가 아파 서울 큰 병원에서 수술 받았을 때의 겁나고 초조했던 기억들 모두가 새겨져 있어 더더욱 정이 가는 것이다.

크고 작은 일들, 기쁘고 슬픈 일들, 그동안 우리가 잊고 있었던 일들도 자개장롱은 다 기억하고 있을 것이다. 40여 년간을 우리 집 일들을 다 기억하고 내게 기쁨과 슬픔을 준 자개장롱도 이제 이를 두고 먼저 떠난 아내처럼 함께 떠나보내야만 될 때가 된 것이다.

자개장롱을 떠나보내려고 마음먹고 안에 있는 물건들을 정리해 두었으나 정작 보내려고 하니 용기가 나지 않았다. 장롱 문을 얼마나 많이 열고 닫았는가. 반평생을 가족과 함께 하고 항상 마음을 평안하게 만들어 준 장롱과 이별하는 일은 결코 쉬운 일이 아니다.

자개장롱이 안방을 떠나면 모든 것이 다 내 곁을 떠나 마음이 텅 빌 것 같아 어찌할지를 모르겠다. 이러지도 저러지도 못하여 자식들과 의논하여 보아도 내가 생각하는 것처럼 쉽게 결론을 내리지 못했다. 지금 그 자리에 있어도 불편함이 하나도 없는데 구태여 버릴 필요가 있겠는가. 생각하고 또 생각하였지만 도저히 버릴 수가 없어 밖으로 내어놓은 물건을 다시 장롱 속에 넣어 두고 안방을 지키게 하였다.

자개장롱이 크게 유행한 시절에 결혼한 사람들은 70대 이상이 대부분이다. 간혹 텔레비전 속에 나오는 자개장롱을 보면 우리처럼 그들도 사랑하고 있는 사람들이라고 생각되어 무척 반가웠다. 지금은 손이 많이 들고 만들기도 어려워 대량생산이 가능한 목제 장롱들이 거의 안방을 차지하고 있다.

단순한 것도 좋겠지만 장인의 정신이 녹아 있는 자개장롱이 대량생산하는 것들보다 월등히 좋다는 생각에는 지금도 변함이 없다. 옛것은 골동품이라 생각하여 버리고, 편리한 것만을 찾는 것이 결코 좋은 것만은 아니라고 생각한다. 한 시대 귀하게 대접을 받았던 자개장롱도 이제는 추억의 장롱이 되게 만든 세월에 작은 슬픔을 느낀다.

부모님의 모습이 새겨져 있고 자식들의 추억을 간직하고 있는 소중한 보물. 자식들 가슴속에도 어릴 때부터 같이해 온 부모님의 모습과 정으로 똘똘 뭉친 가족의 따뜻했던 기억으로 남아있을 것이다.

지금 생활에 어울리지 않고 불편할 수가 있으나 가족의 역사가 담겨 있기에 소중한 사진첩처럼 행복했던 일들을 되살리고 기억할 수 있어 좋은 것이다.

조금은 낡았지만 내가 살아 있는 한 추억을 간직하고 정을 새겨 놓은 이 자개농을 영영 버리지 않기로 마음먹었다.

(2020)

장모, 사위, 손녀

우리 집에는 귀여운 막내딸 윤정이가 있
다. 좋아하는 빵이나 얼음과자를 먹을 때는 맛있는 것이라 하
며 억지로 내 입에 넣어주는 정이 많은 아이다. 어릴 때 몸이
아파 몹시 고생하였다. 오빠와 언니는 열심히 노력한 결과 언
니는 서울에 있는 약대에 입학하여 이제는 졸업반에 있고, 오
빠는 공대에 재학 중 육군에 입대하여 최전방 향로봉에서 근
무하고 있다. 요즈음은 언니와 오빠 못지않게 열심히 공부하
고 있어 더욱 예쁘다.

장모님께서는 딸을 하나밖에 두지 않아 결혼할 때부터 우
리와 같이 생활하고 계신다. 자식이 귀한 집안으로 손자 한

명과 손녀 두 명을 정성을 다하여 길러 오신 분이시다. 세 아이가 모두 엄마보다 할머니를 더 좋아하고 따른다.

올해로 일흔여덟이신 장모님은 최근 몇 달 전부터 허리가 아파 걷기에 불편하시다며 지팡이를 사 달라고 한다. 지금까지 열심히 다니던 성당에도 나가지 못하고, 아파트 옆에 있는 경로당에만 다닌다. 정신이 없어 했던 말도 또 하고 금방 잊어버리는 행동을 하므로 이를 보다 못한 막내딸이 할매 정신 차려서 행동하시라고 말해 보지만 그렇지 못하다. 돌아가실 때의 행동을 보아온 나로서는 장모님의 행동을 이해하지만 처음 보는 아이들은 무척 속상해한다.

장모님께서도 내가 결혼하기 전에는 시골에서 사셨다. 그러나 아파트 생활에 적응하셔서 그런지 좀처럼 시골에 가시려 하지 않는다. 며칠 전에는 장모님이 장롱 문을 열고 한복이며 옷가지를 모두 내어놓고 시골에 갖다 주신다며 짐을 챙긴다.

시골에 사시는 처숙모님께 연락하니 시골은 공기도 맑고 조용해서 좋다고 하시면서 이번 기회에 며칠간 푹 쉬면서 놀다 가시는 것이 좋겠다고 모시고 내려오라고 한다. 시골로 내려가는 차 속에서 들판이 좋다고 하시면서 평소에 하던 차멀미도 하지 않고 차분하게 이야기도 하신다.

시골에 도착하니 처가 인척들이 모두 나와서 반갑게 맞이한다. 몸이 사그라졌다고 하면서 사위가 고생이 많다고 한다. 아파트에서 돌아가시지 말고 산소가 있는 이곳에 사시다가 돌아가시면 좋겠다고 하며 걱정들이 많다. 자상하신 시골 인척들의 사려 깊은 생각에 머리가 숙어진다.

며칠 후 숙모님께서 전화를 하셨다. 장모님이 정신없어 붙어서 도와드려야 하므로 집안일을 혼자 하시는 처숙모님이 너무나 벅차므로 대구에 모셔야 하겠다고 한다.

집에 오실 때는 내려갈 때보다 훨씬 기운이 떨어져 정신이 없다. 너무나 걱정되어 가족들이 모여 앞으로의 대책을 구체적으로 의논하였다. 다행히 아이들이 방학이라 평소보다 더 잘 모시기로 했다. 며칠이 지난 후 기운이 나셨는지 경로당에 가시겠다고 하셔서 평소와 다름없이 아파트 밑까지 모시고 내려온 다음 경로당에는 혼자 가시겠다고 하셔서 그냥 집으로 왔다.

막내딸이 독서실에 갔다 와서는 먼저 할머니는 어디에 가셨느냐고 묻기에 경로당에 가셨다고 하니까 걱정을 하면서 경로당에 무사히 도착하셨는지 확인하고 온다고 나간다. 경로당에 다녀온 윤정이는 눈물을 글썽이며 상기된 얼굴로 나를 쳐다보면서 할머니가 경로당에 가시다 넘어져 얼굴에 피가 나고 멍이 들었다고 야단이다. 재빨리 치료약과 냉장고에 있는 얼음 덩어리를 준비하여 경로당으로 달려가 치료와 얼음찜질을 해드리고 와서는 나에게 돈을 달라고 한다. 경로당 할머니를 위하여 빵과 우유를 사드린다고 한다.

자기의 역할을 부족함 없이 잘 감당하는 막내딸의 행동을 보고 기특함을 느낀 것과 동시에 사위로서 장모님을 더 자상하게 돌보아 드리지 못한 뉘우침이 더욱 크게 느껴진다.

(1995)

천마를 매일 아침에 갈아주었던 아내

자기 몸을 돌보기보다 남편에게 좋다는 천마를 매일 아침에 갈아 주었던 아내의 사랑을 잊을 수가 없다. 지금은 내 곁을 떠나 '감사하고 또 고맙습니다' 말을 해도 들을 수 없지만, 살아생전에 평범했던 일상이 얼마나 큰 행복이었는지 그때는 알지 못했다. 살아 있을 때 잘해 주라고 하는 말을 대수롭지 않게 생각하고 잘해 주지 못한 것을 후회해 보지만 소용이 없다.

주인의 손때가 묻은 것들이 홀로 그 자리를 지키고 있다. 아무리 지우려 해도 생각난다. 헌 옷을 버리고 새 옷을 입으라고 사다 준 새 옷들은 장롱 속에 그대로 남겨져 있다. 아내는 왜 새 옷을 입지 않았을까. 주방에는 써보지도 않고 남겨진 새 그릇이 수북하다. 헌 이불만 덮고 자기에 한 번도 밖으로 나와 보지 못한 새 이불은 이불장에서 홀로 잠잔다.

자식과 남편이 걱정되어 자기가 없더라도 고생되게 살지 않도록 재산 정리까지 다 해 두고 떠난 아내의 큰 사랑을 어찌 잊을 수가 있겠는가?

자기가 나보다 먼저 떠난다는 것을 미리 알고 있었는지 어떤 날에는 세탁기 사용 방법을 가르쳐 주고, 어떤 날에는 나를 주방에 불러 놓고 반찬 만드는 방법을 배워 두라고 가르쳐 주던 것을 대수롭지 않게 생각한 어리석은 남편이 되었다.

아내는 천년만년 내 곁에 남아 나와 자식들을 돌보아 줄 것이라는 생각한 나 자신이 얼마나 후회스러운지 모른다. 이제부터는 아내가 몸소 실천한 일들을 가슴에 새겨 후회하는 일이 없도록 살아가야 하겠다. 나를 위해 평생을 바쳐 최선을 다해 준 아내를 결코 잊어서도 안되고 절대 잊지 않을 것이다.

다짐하고 또 다짐한 약속은 그대로인데 나는 밥도 잘 먹고 친구들도 만나고 웃기도 하고 하고 싶은 일도 하고 있다. 정신 차려서 생각해 보니 이렇게 해도 되는지가 마음을 무겁게 한다. 이제는 떠난 아내를 잊고 새 출발 하라는 주위 사람의 말도 내게는 위로가 되지 않는다. 세월이 흘러도 변하지 않는 사랑과 고마움이 식지 않았기에 실망을 주는 남편이 되기는 싫다. 아내가 나에게 남겨 놓고 간 사랑과 보살핌이 진정 엄청나기 때문이다.

내가 당신이 있는 곳에 같이 갈 때까지 고맙고 고마운 당신을 영원히 사랑합니다. 못난 남편이 이제야 철이 들었나 봅니다. (2021)

연도 못 만드는 아빠

내가 어릴 때는 우리 집 식구 모두 연을 만들 수 있었다. 문종이와 대나무는 쉽게 구할 수 있었기 때문에 밖에서 놀다가 심심하면 연을 만들어 동네 빈터나 논두렁에서 날리곤 했으며, 고목에는 으레 날리다 떨어진 연이 걸려서 펄럭이고 있었다.

막내딸이 방학책 속에 연 만들기가 나와 있다면서 연을 만들겠다고 돈을 달라고 한다. 돈을 주니, 문방구에 달려가 재료를 사서 마루에서 열심히 만들고 있다. 한참 지난 후에 연 줄을 달아 달라고 한다. 어떻게 달아야 할지 막막하다. 우선 바늘로 네 모서리에 구멍을 뚫고 머리 부분에서 꼬리 부분으로 여유를 남기고 실을 연결하였다. 오른쪽 날개 부분에 실을 매고 왼쪽으로 가져오면서 조금 전에 맨 실 위쪽으로 삼분의 일쯤 되는 위치에 연결하고, 왼쪽 날개에 고정하였다. 그리고 교차점에 당김실을 달았다. 자신이 없기 때문에 불안한 마음이다.

아이들과 같이 빈터에서 날려 보기로 했다. 아들의 연은 다행히 공중에서 잘 날고 있다. 뛰어 다니면서 재미있어하는 표정이다. 우리가 어릴 때 연 날리던 기분이나 지금 아들의 기분이 다를 바 없나 보다. 나머지 두 아이의 연은 약간 날다가 아래로 내려와 땅에 부딪치며 도무지 균형을 잡지 못한다. 연도 만들지 못하는 아빠라고 투정을 부린다.

연 재료 주머니에는 제기도 들어 있었다. 연 날리다 재미없으면 차라고 넣어 놓은 모양이다. 제기는 구슬치기, 땅뺏기, 연날리기 등과 함께 내가 어릴 때 흔히 하던 놀이였다. 제기차기 시합을 하자고 한다. 두툼한 옷을 걷어 올리고 차는 모습이 제법이다. 어리게만 보아온 아들의 승부욕이 대단하다. 이길 수 있다고 생각하여 자연스럽게 져 주기로 마음먹고 차보니까 뜻대로 찰 수가 없다. 실제로 내가 지고 끝난 시합이었다. 아들 녀석은 이겼다고 자랑을 해댄다.

잘 날지 못하는 연을 가져와 잘 날고 있는 연과 같이 묶으니 모든 연이 하늘 높이 오른다. 도심에서 연 날리는 모습이 시골에서의 연날리기와는 다른 감회를 준다. 전자오락실, 텔레비전, 만화프로에 매달려 방학을 보내고 있는 아이들에게 재래의 민속놀이를 가르쳐 주는 슬기로움이 필요한 것 같다.

옛날 어린이들이 하던 놀이는 대체로 돈이 들지 않았다. 구슬치기, 자치기, 제기차기, 연날리기, 숨바꼭질, 얼음타기 등을 현대에 사는 아이들에게 알맞은 놀이로 변형하는 지혜가 필요하다.

연 만드는 일을 잊어버렸다는 것이 부끄럽게 느껴진다. 불과 20년도 지나지 않아 그때 것을 송두리째 잊어버린다면 장래가 어떻게 되겠는가? 말로만 전통 문화를 계승하자고 하지만 실제로 얼마만큼 계승하고 있는가 하는 문제를 생각해 본다.

시골에서 내려오는 아름다운 가풍이며 부모님이 음력을 기준으로 시행하던 전래 풍습들을 바쁘다는 핑계로 대수롭지 않게 생각하며 소홀히 했다. 가정의례 전집이나 국사 백과사전, 전래 풍습 전집 등을 읽으면 된다고 자만하지 않았는가? 이런 책들을 보지 않고서도 필요한 것들을 아이들에게 가르쳐 줄 수 있는 아빠가 되어야겠다. (1985)

비진도의 2박 3일

1일

더위를 피하여 가족들과 조용히 지낼 수 있는 시원한 곳을 생각해 본다. 가족들이 평생 기억할 수 있는 곳을 찾는다는 것이 생각보다 쉽지 않다. 포항, 송도, 칠포, 월포, 대진 해수욕장, 보경사, 파계사, 동화사, 해인사 등이 머리에 떠오르지만 많은 사람들이 찾는 곳이라 피하기로 했다. 그렇다고 해서 가 보지 못한 곳으로 여행을 떠난다는 것은 더더욱 두렵다. 최종적으로 해인사와 남해의 섬 비진도 해수욕장을 두 곳 중에서 결정하기로 하였다.

서부 주차장에 도착하니 남해 상주리 해수욕장 직행 개설이라는 현수막이 눈에 들어온다. 주차장은 원색 차림의 여행자들로 붐비고 있다. 해인사를 포기하고 남해 비진도 해수욕장으로 가자는 의견이 절대적이다.

마산, 고성을 경유하는 충무행 직행 버스는 구마고속도로를 시원스럽게 달려 남행을 계속한다. 차창 밖으로 보이는 시골 모습이 고향처럼 다정스럽다. 마산에 도착하니 비릿한 바다 냄새와 끈적한 바람이 피부에 와닿는다. 산허리 사이로 얼굴을 내민 바다에는 흰 부표들이 나란히 줄지어져 파란 바다와 어울려 아름답다.

나지막한 산을 넘으니 충무의 전경이 눈에 들어온다. 양쪽으로 산을 끼고 아담하게 자리한 도시의 모습이 포근하다. 비진도행 선표를 구입하여 배 쪽으로 향하니 여행을 마치고 나오는 대학생들이 식수를 준비하여 들어가면 편리하다고 말한다. 여행객들은 모두들 가족같이 서로의 어려움을 말해 주니 매우 고맙다. 작은 여객선에 오르니 늦은 시간이라 몇 명밖에 없다. 충무 포구를 떠나 남해 물길을 가르며 비진도로 향한다. 몇 마리의 갈매기가 우리 가족을 환영하면서 배 위를 시원스럽게 날고 있다.

크고 작은 배들이 항구로 들어온다. 두 척의 배가 한데 묶여 움직이는 멸치 배를 보고 왜 같이 가고 있는지 아이들이 물어본다. 멸치 떼를 만나면 그물을 치기 위해 붙어 있다고 하니 이해가 되지 않는 눈치다. 상자를 가득 싣고 굴뚝으로는 검은 연기를 내뿜으며 항구로 향하는 배가 옆으로 지나간다. 잡은 멸치를 익혀서 건조장으로 운반하는 배라고 한다.

항구로 들어오는 여객선에 탑승한 사람들이 우리를 보고 손을 흔들어 준다. 아이들도 열심히 손을 흔든다. 지나가는 배에서 일어난 파도가 우리 배로 다가온다. 뱃머리에 부딪친 파도가 하얀 물보라를 일으키며 열린 창문으로 들어와 물세례를 주고 간다. 얼굴을 타고 내리는 물방울에서 짭짤한 바다 냄새를 느낀다.

굴 양식장 사이로 빠져나가니 조그마한 섬들이 하나 둘 나타나면서 목적지인 비진도가 보인다. 울창한 솔숲을 뒤로하고 섬과 섬 사이에 하얀 백사장이 자리한 천혜의 해수욕장이다. 백사장은 울긋불긋한 텐트들로 꽃밭을 이루고 있다. 모두들 탄성을 지르며 발을 구른다.

아담한 선착장에 도착하였다. 무사히 비진도에 첫 발을 내딛는 순간이다. 우선 급한 것이 텐트를 치는 것이라 생각하여 선착장에서 멀리 떨어져 있는 곳에 자리를 마련하였다. 모래를 고르고 지주를 지탱할 큰 돌을 날랐다. 모두들 피로를 잊은 채 열심히 움직인다. 텐트는 순식간에 쳐진다. 밖에 있는 짐들을 텐트 속으로 챙겨 넣고 라면으로 저녁을 마치니 어둠이 깔린다. 아이들은 두려운지 텐트 밖으로 나오려고 하지 않는다. 불을 밝히니 이곳 저곳에서도 불을 밝힌다. 모두들 피곤하여 일찍 자려고 한다. 텐트 사이로 열린 밤하늘의 별빛이 오늘따라 더욱 아름답다.

2일

밤새 들려오는 기타와 음악 소리로 뒤척이다 언제 잠들었는지 몰랐다. 텐트 속이 환하여 벌떡 일어났다. 백사장의 아침은 우리 가족에게 새로운 즐거움을 준다. 청소하는 아주머니들과 물을 길러 가는 사람들의 모습이 건강하게 보인다. 아침은 선착장에서 구입한 싱싱한 우럭 몇 마리로 만든 찌개와 김치로 하기로 했다. 모두들 한 그릇씩 비우고 더 먹으려고 한다. 식사를 마치니 햇볕이 제법 따갑게 느껴진다.

벌써 바닷가에는 낚시하는 사람이며, 짐을 챙겨 떠나는 사람들이 많이 보인다. 수영복을 갈아입고 바다로 나가니 벌써 여러 사람들이 비취색 바닷물 속에 몸을 담그고 휴가를 즐기고 있다. 아이들을 데리고 물가로 갔다. 겁이 나는지 처음에는 들어가지 않으려고 하다가 내가 먼저 들어가 안전한 곳으로 인도하니 물장구를 치고 야단들이다. 물속이 거울처럼 맑아 새끼 고기들이 헤엄치는 모습도 볼 수 있다. 멀리서 보고 있던 아내가 물건을 옆집에 부탁하고 물가로 나와 가족 모두가 물속에 모였다.

이렇게 나서면 될 것인데 도착하기까지 정말 어려웠다. 튜브를 밀면서 깊은 곳으로 나가니까 아이들은 가지 않으려고 한다. 카메라로 모습을 담아 본다. 모두들 지쳤는지 튜브를 던져 버리고 물가로 나와 조개껍데기를 줍고 모래성을 만든다.

오후에는 그늘을 찾아 더위를 식히면서 낚시를 했다. 섬 주위는 사람들로 북적인다. 위로는 이끼 낀 온갖 형상의 바위 모습이며 오래된 소나무들이 절경을 이룬다. 널찍한 바위 저쪽에서는 산소통을 짊어진 스쿠버 다이버들이 작살을 가지고 물속을 헤집고 다닌다. 텔레비전 화면에서 보아온 모습들을 직접 보니 장비를 갖추어 바닷속 모습이 어떻게 생겼는지 보고 싶다.

낚싯대를 드리우니 잘 되지 않는다. 아빠의 낚시 솜씨가 여지없이 폭로되고 말았다. 한 마리도 잡지 못했다. 스쿠버 다이버들 때문이라 생각하고 텐트로 돌아오니 시장하다. 저녁은 이곳 음식을 먹어 보기로 하고 식당으로 갔다. 예상대로 비싼 편이나 반찬은 특색이 있다.

텐트 속에 짐들을 챙겨본다. 아이들도 피곤한지 곧 잠이 든다. 내일은 가까운 거제도 해금강을 구경하고 떠나기로 하였다. 일찍 자기로 하였지만 바닷가의 낭만적인 아름다움으로 잠을 이룰 수 없었다.

3일

아침 식사를 마치고 텐트를 정리한 다음 주위의 쓰레기들을 치웠다. 거제도 해금강으로 가는 쾌속 공기 부양선 타코마호 출발시간이 한 시간 정도 남아 있어 솔숲에 쉬고 있으니 갑자기 소낙비가 내린다. 피할 틈이 없어 짐들이 온통 젖어 버렸다. 가는 걸음을 멈추게 하는가 보다.

배에 오르니 냉방시설과 편의시설이 잘된 유람선이라는 것을 느낄 수 있다. 공기를 주입하여 선체를 물위에 뜨게 한 다음 속력을 내기 시작하는데 매우 빠르다. 바다 낚시터로 유명한 매물도가 눈에 들어온다. 잠시 달렸다고 생각됐는데 해금강에 도착했다는 안내 방송이 나온다. 속력을 줄여 서서히 접근하는 사이 모두들 밖으로 나와 해금강을 살펴본다. 기암절벽으로 이루어진 작은 섬으로 파란 바다와 멋지게 어울린다.

섬 한가운데로 뚫린 동굴, 바위틈에 외로이 서있는 소나무, 해골 형상의 바위상, 해금강은 여러 가지 형상으로 이루어진 만물상 바위섬이다. 수면 가까이에서 헤엄치는 고기 떼, 바위에서 날아가는 검은 새들이 조화를 이루는 해금강의 모습은 가족 모두의 머릿속에 아름다운 추억으로 남아 있을 것이다.

충무항에 닿으니 피로가 쌓인다. 대구행 직행 버스에 몸을 맡기니 2박 3일의 여름 나들이가 끝난다. 남해의 크고 작은 섬들의 아름다움, 비취색 영롱한 바다, 정겨웠던 여행객들이 우리 가족의 머릿속에 추억으로 쌓였다.(1986)

멸치 까기

아내가 골다공증 예방에 좋다고 멸치 한 상자를 사 왔다. 심심할 때 소일거리로 멸치를 까라고 한다. 처음에는 좋은 소일거리라 생각하여 그렇게 하겠다고 했다. 막상 까보니 작은 멸치 한 마리를 까는 데도 손이 몇 번이나 간다. 계속 까보지만 도대체 상자 속 멸치는 쉽게 줄어들지 않는다.

일을 시작하면 끝을 보는 성격인데도 불구하고 수도 없이 많은 멸치를 보니 그저 한숨만 나온다. 이렇게 많은 멸치를 언제 다 깔 수 있겠는가 말이다. 생각 끝에 200마리를 까고 쉬고 다시 까는 방법을 택해 보기로 했다. 처음보다 훨씬 나은 것 같았다. 작은 목표를 달성하면 쉴 수 있는 여유가 생기기 때문이다. 무모한 도전은 싫증과 짜증을 가져온다.

외출에서 돌아온 아내가 깐 멸치의 양을 보고 아직도 요것 밖에 까지 못했느냐고 한다. 나름대로 최선을 다했지만 영 마음에 들지 않는 표정이다. 나는 최선을 다한 것이지만 아내는 보잘것없는 결과로 취급하니 내심 섭섭한 생각이 들었다. '멸치 깐다고 수고했습니다.'라고 말했으면 더욱 힘이 나서 더 잘 깔 것인데 말이다.

처음 하는 일의 성과가 보잘 것이 없다 해도 지켜보는 사람들이 참고 기다리며 격려로 의욕을 심어주는 것이 중요하다는 생각이 들었다. 상자 속 멸치를 보면서 멸치를 잡아서 반찬이 되어 식탁에 오르기까지의 과정을 상상해 보았다. 어부들이 잡은 멸치는 가공선으로 옮겨지고 바구니에 담아 건조장에서 말린다. 크기별로 분류된 멸치가 전국 소비자들에게 팔려 나가고 멸치는 용도에 맞게 한 가지 반찬이 된다. 그렇게 되기까지 얼마나 많은 손길을 거쳐왔는가. 멸치를 먹으며 지금까지 수고한 여러 손길에 감사하는 마음이 저절로 생긴다. 어떤 것이라도 소중하지 않은 것은 없지만 그것이 내 밥상 위에 까지 오게 된 것을 생각하면 참 고맙다는 생각이 든다.

멸치를 까면서 수고한 여러 사람들에게 고마운 마음을 가질 수 있게 되어 더 큰 보람이 되었다. (2010)

생선 머리와 꼬리만 먹는 아내

어릴 적 어머니는 생선이 식탁에 오르면 뼈를 발라 살점만 우리들에게 주시고 자신은 생선을 드시지 않았다. 식사가 끝날 때가 되었을 때 손대지 않고 남아 있는 생선머리를 잡아 "뭐니 뭐니 해도 생선은 머리가 가장 맛이 좋다."고 하셨다. 뼈만 있고 살점이 없는 머리가 맛이 좋다고 하는 그 말을 이해할 수가 없었다.

어쩌다 끓인 고깃국을 보시면 아예 먹지 못한다고 하시면서 다른 반찬으로만 식사를 마치셨다. 지금 생각해보니 그때는 대부분 집안 형편이 어려워 다 그렇게 자식을 키웠다. 나도 자식을 키우면서 그때 부모님이 하신 뜻을 조금이나마 알게 되었다. 새끼를 키우는 동물들은 모두 자기를 희생하면서 제 새끼 키우기에 최선을 다한다.

어릴 적 우리를 지극정성으로 키워주신 부모님은 지금 이 세상에 안 계신다. 부모가 언제까지나 자식을 돌볼 수는 없다. 자식을 키워보니 효도는 따로 있는 것이 아니라 바르게 사는 것임을 알게 되었다.

얼마 전 아내가 택배 주문으로 성산포 수협을 통해 갈치 한 상자를 구입하였다. 우리 집 식구가 먹기에는 양이 너무 많아 어떻게 할 것인지 궁금하였다.

도착된 갈치를 토막 내어 흰 비닐 팩에 담아 여러 봉지가 되게 만들었다. 그리고 남은 머리와 꼬리부분으로 조림을 만들었다. 살점이 많은 토막도 많은데 그냥 버리지 않고 그것으로 조림을 하는지 물어보니까 아내도 돌아가신 부모님이 한 것처럼 머리와 꼬리도 요리하면 맛이 좋다고 한다.

토막 낸 갈치 중 굵고 좋은 것만을 골라 사돈집과 출가한 딸집에 보내고 부실한 것은 냉동실에 보관해 두었다. 머리와 꼬리만을 넣고 요리한 것을 다 먹으려면 한참 걸릴 것이 분명하여 살점이 많은 토막갈치를 먹을 날은 기약도 없다. 갈치 머리와 꼬리로 만든 조림을 끼니때마다 조금씩 데워서 김치처럼 먹고 있다.

객지 생활을 하는 아들이 오는 날이면 냉동실에 보관된 살점이 많은 토막을 꺼내어 구이로 내어놓지만 그것을 먹지 않고 머리와 꼬리로 만든 갈치조림만 고집하고 있는 아내의 모습은 어릴 적 어머님을 꼭 닮았다.

지금은 살점이 많은 생선을 먹지 못할 형편이 아닌데도 불구하고 부모님이 우리들에게 한 것처럼 행동하는 아내의 모습을 보면서 어머님 모습이 생각난다. 자식들은 부모의 행동을 그대로 배우고 평생 자식들의 행동에 절대적인 영향을 준다는 사실을 아내의 모습을 통해 다시 한 번 알게 되었다.

(2008)

42년 전 포항고 제자들과 만남

일 년에 한 번씩 42년 전의 제자들과 만난다. 내게는 큰 자랑이며 보람과 행복을 준다.

교직 생활 동안 함께 학창 생활을 마치고 세상에 나간 제자들이 수없이 내 곁을 지나갔지만 잊지 않고 연락이 오는 제자들은 별로 많지 않다. 한두 명씩 연락하는 제자들은 있으나, 열 명 내외의 제자들이 함께하여 모이는 것은 드문 일이다. 그들도 이제 인생 60을 내다보는 나이로 생각해 보면 대단하다는 생각이 든다. 고향을 떠나 서울 한복판에서 다들 제 몫을 하며 크게 성공하여 인정받고 살아가는 모습을 볼 때 대견하고 감사하다.

그들을 가르칠 때 나는 막 결혼하여 아내가 있는 대구에 토요일마다 가야 할 입장에 있었고, 고3 담임을 하면서 제자들을 만났다. 시간은 우리 서로에게 소중하였지만 토요일 오후에 시간을 내어 반 대항 축구 시합도 하고 마치면 짜장면을 시켜서 공부로 지친 마음을 풀어주려고 하였고, 제자들과 함께 있고 싶어 교실 청소를 같이하기도 했다. 함께 보냈던 그 시간들이 그들에게는 담임과의 추억이고 나에게는 제자들과의 잊지 못할 시간이었다.

학업 성적을 올리는 것에 충실한 것이 교사의 기본적인 소임이지만 그것보다 먼저 사람됨을 가르치고 큰 꿈을 심어주고 그들의 생각에 함께 들어가 이해하고 바른 길로 갈 수 있도록 노력했던 일이 오늘까지 함께 만나게 되는 것이 아닐까 생각이 든다.

꿈이 없는 삶은 그저 하루하루를 의미 없게 보내는 것과 같다. 꿈은 생활에 활력을 주고 무엇인가를 해야 하는 에너지가 되기 때문이다.

제자들에게 존경받는 스승이 된다는 것은 참으로 어려운 일이다. 일생을 살아가는 데 있어 수많은 사람과 인연을 맺고 살아간다. 스승과 제자도 마찬가지다. 세상에는 수많은 스승이 있겠지만 제자의 일생을 성공적으로 이끈 스승은 제자들에게 존경을 받고 좋은 선생님으로 기억된다. 이런 스승과 제자는 서로의 인생에서 가장 값진 것을 얻은 것이라 생각한다.

선생님의 실력과 말 한마디가 평생을 좌우하는 모멘트가 될 수 있다. 스승의 긍정적인 말 한마디는 그들이 꿈을 꾸고 세상을 살아가는 데 어떠한 것보다 큰 에너지가 되어 그들을 성공하게 하고 격려하여 준 선생님을 절대 잊지 않게 된다. 멀리 내다보고 꿈을 심어주는 선생님을 만나는 것도 큰 영광이며 잘 따르고 실천한 제자가 있는 선생님도 성공한 것이다. 그러한 스승이야말로 진정한 스승이 되는 것이다.

내게도 잊지 못할 선생님이 계신다. 가정 형편이 어려워 공납금을 못 내는 딱한 사정을 아시고 공납금 면제 혜택을 주시고 격려해 주신 덕분에 나도 여기까지 올 수 있었다. 내가 어려워할 때 나의 진로를 걱정하여 가는 길을 잘 인도하여 주신 선생님 덕분에 지금의 내가 있다. 제자인 나의 미래에 소중한 도움과 격려를 해주시고 칭찬하여 주신 그런 선생님들이다. 그 선생님으로부터 배운 가르침으로 나의 제자들을 가르친 것이 밑거름되어 오늘날 제자들과 행복하고 보람된 만남을 이어오게 된 것이다. (2012)

영원히 잊지 못할 나의 아내

아내는 철두철미했다. 너무나 많은 것을 미리 챙겨 두고 메모를 해두고도 모자라 생각하고 또 생각하는 성격이다 보니 잠을 잘 이루지 못했다. 평소 자주 하는 말은 잠 한 번 실컷 자 보았으면 소원이 없겠다고 했다.

수면제 도움 없이 잠을 잘 수 없게 된 것도 이십 년을 넘었다. 보통 사람이면 하루만 잠을 못 자도 다음 날 정상적인 활동을 잘하지 못하는 사람들이 많지만 아내는 그렇게 잠 못 이루고도 계획한 일은 반드시 해야만 직성이 풀리는 사람이었다.

소뇌 세포가 점점 줄어드는 줄도 모르고 아까운 시간이 흘러만 갔다. 평소 아내는 40여 년 전 기억도 생생하게 말할 수 있음은 물론 손글씨 또한 컴퓨터를 능가할 정도로 바르게 쓸 수 있는 사람이었다. 어느 날부터 몸의 균형을 잃어 넘어지기도 하고 말이 어둔해지고 글씨를 바르게 쓸 수 없게 되었다.

처음에는 척추에 이상이 생겨 넘어진다고 생각하여 전문 병원을 찾아가 정밀 검사를 받아 보았다. 척추에 이상이 있다고 해서 치료를 계속 받았지만 별 효과는 없었다. 지인이 파킨슨병 진단을 받아 보라고 권하였으나 두려움으로 차일피일 미루고 있었다. 척추 진료를 계속하여도 증세가 호전되지 않아 마침내 서울 종합 병원에 입원하여 정밀 검사를 받아 보게 되었다.

결과는 기대와는 다르게 난치병에 속하는 파킨슨병이라는 진단을 받게 되었다. 담당 전문의는 완치는 어렵지만 더 이상 악화되지 않도록 하는 약물을 복용하면서 보호자와 함께 꾸준히 운동을 하면 지금보다 호전된다는 말을 들었다.

모든 것을 접어두고 아내와 함께 매일 걷기운동을 시작한 후로는 상태가 조금씩 호전되어 가는 느낌을 받아 기분이 좋았는데 점차 식욕이 떨어지면서 원인을 알 수 없는 복부 통증이 있었다. 원인을 말하고 계속하여 내과 치료를 받았으나 증세가 호전되지 않아 의사의 권유로 정밀 복부 초음파 검사를 받아 보게 되었다. 결과를 기다리고 있는데 간호사가 아내는 밖에서 기다리고 보호자만 들어오라는 순간 가슴이 철렁 내려앉는 불안감이 나에게 스쳐 갔다.

담당의사는 검사 결과 췌장암 4기로 간에도 전이되었다고 한다. 이 말을 듣는 순간 정신이 없이 그저 멍멍하기만 했다. 아내에게는 말하지 않고 종합 병원에 찾아가 다시 정밀 검사를 받아 보라고 한다고 말했다.

지금 생각해 보니 내가 의사와 얘기 나누는 상황이 예사롭지 않다는 것을 아내는 짐작하여 알고 있었을 것이다. 그때 아내의 마음은 어떠했겠는가를 생각해 보니 소름끼치는 큰 충격이 아니었을까 싶다. 지금의 상태로는 육 개월 이상 살기가 힘든다고 하니 아무 생각을 못 할 정도로 정신이 멍해졌다.

겨우 정신을 차려 어떻게 대처할 것인가를 생각해 보았다. 나와 자식들을 위하여 밤낮으로 고민하고 노력한 아내를 도울 수 있는 날이 얼마 남지 않아 지체할 시간이 없었다. 과학으로도 해결할 수 없는 하나님의 기적을 믿음의 희망으로 삼아 기도하고 또 기도하면서 치료에 최선을 다하기로 마음을 독하게 먹었다.

종합 병원의 결과도 아니나 다를까 같은 판정을 받았다. 최선의 방법 중에 하나인 항암 치료를 계속 받기로 했다. 상황 판단이 정확한 아내도 암이라고 짐작은 하고 있었으나 한편 아니었으면 하는 기대를 가지고 있었을 것이다.

몇십 년간의 불면증에 시달린 여파로 발생된 파킨슨병에다 통증이 이만저만이 아닌 췌장암이니 증세 호전을 기대하는 것은 어려운 일이지만, 어떻게 하면 이 병을 이겨낼 수 있을 것인가를 생각한 아내는 소화가 안 되는 밥도 꼭꼭 씹어 먹고 약도 거르지 않고 잘 먹으려고 노력하는 강인한 의지를 보여 주었다.

고통이 이만저만이 아닌 항암 치료도 다른 사람에 비하여 잘 이겨내고 있었다. 그런 와중에도 아내는 이 세상에서의 살 날이 얼마 남지 않다는 것을 알고 세상 떠날 준비를 철저히 하고 있었다. 은행에 맡겨 둔 통장이며 보험사에 든 보험들도 하나하나 챙겨 두었다. 조금이라도 정신이 있을 때 미리 준비해 둔다고 한다. 이 말을 듣고 있는 내 마음이 칼로 가슴을 도려내는 아픔으로 다가와 그저 눈물만 났다.

무남독녀로 태어난 아내는 돌아가신 장인 장모님 산소 관리 문제며, 자신이 묻힐 산소 정리 문제도 하나하나 챙겨서 부탁해 두고, 자식들에게 나누어 줄 재산을 처리하는 방법도 내게 알려 주었다.

몇 년만 더 살았으면 가족들이 원하는 것을 다 해주고 마음 편하게 세상을 떠날 수가 있었겠는데 하고 말하면서 긴 한숨 쉬는 모습이 지금도 눈에 선하게 남아 있다. 나를 불러 자기가 떠난 후에는 혼자서도 해야 된다고 하면서 국을 끓이고 나물 무치는 방법이며, 세탁기 돌리는 방법을 하나하나 알려 주었다.

자신의 병보다 남편과 자식들을 더 사랑한 아내를 생각하면 눈물이 난다. 강인하고 위대한 나의 아내는 가족을 위해 모든 것을 다 내어 준 훌륭한 엄마로 최선을 다해 평생을 살아주었다. 그런 아내를 나는 영원히 잊지 않을 것이다. (2021)

마지막 선물

      파크 골프채는 마지막 선물이 되었다. 일 년이 넘도록 그냥 상자 속에서 잠자고 있었다. 아내의 성화에 못 이겨 포장지만 겨우 벗기고는 줄곧 그 자리를 지키고 있었다. 체력이 지금보다 더 떨어지면 하겠다는 고집으로 같이 가자는 친구들의 권유에도 한 번도 나가지 않았다. 재촉하는 아내 말에도 아랑곳하지 않고 고집을 부리면서 파크 골프 하는 모습을 한 번도 보여주지 못했다.

  자기가 마지막으로 선물해 준 파크 골프채로 운동하러 가는 모습을 얼마나 보고 싶어 하였을까. 소박한 소원 하나도 들어주지 못한 고집쟁이 남편이었다고 늦은 후회를 해보지만 지금은 아무 소용이 없다.

아내의 병은 날이 갈수록 심하여 갔다. 치료와 간병에 최선을 다하는 것밖에는 다른 것을 생각할 겨를이 없었다. 정신없이 간병으로 보낸 7개월이 길다고 느끼기도 했지만, 지금 생각해보니 너무나 짧았다는 생각이 든다.

저세상으로 떠난 지 두 달이 다 되어도 아내가 없다는 사실이 믿어지지 않는다. 밤낮으로 자식 걱정, 남편 걱정으로 밤을 설치다 떠난 아내가 너무나 보고 싶다. 잊으려 해도 잊히지 않는다. 되돌아보면 가슴이 아파 눈물이 난다.

아내가 떠난 지금 맛있는 음식이 있어도 먹을 수 없고 예쁜 꽃이 있어도 예쁘지가 않다. 아침이면 일어나고 밤이면 잠자는 의미가 없는 시간만 흘러가고 있다. 이렇게 하루하루를 보내고 있던 중 나를 깜짝 놀라게 한 것은 아내가 마지막으로 사준 파크 골프채였다.

구석에 덩그렇게 놓여 있는 파크 골프채는 아내가 내게 남기고 간 행복했던 기억들을 떠오르게 만들었다. 무엇 하나도 부족함이 없도록 끝까지 챙겨주었는데 나는 아내를 위해서 무엇을 해 주었는지 생각해보니 생각나는 것이 없다. 살아 있을 때 더 잘해 주라는 말이 내 가슴을 처절하게 만든다.

아내가 떠나고 나서 처음 맞이하는 어버이날 아침 일찍 두

딸과 함께 아내가 잠들고 있는 산소를 찾았다. 세상을 떠난 삼월 삼십일에서 두 달이 다 되어가는 오월의 차창 밖에는 이 팝나무 하얀 꽃이 한창 피어 있다.

아카시아 꽃향기가 산소와 산을 메우고 있다. 주위에는 송 홧가루가 날리고 고사리가 한창이다. 꿩 소리도 간간이 들려 온다.

세월은 쉬지 않고 흘러 큰 아픔을 작은 아픔으로 만들고 있 다. 끔찍하게 사랑해 주었던 두 딸과 남편이 찾아온 것을 아 내는 알고 있을 것이다. 어버이날이지만 엄마 가슴에 카네이 션을 달아 줄 수가 없는 딸들은 엄마가 외롭지 말라고 빨간 카네이션 화분을 묘비 옆에 심어 주었다.

코스모스 꽃을 무척이나 좋아했던 아내를 위해 산소 근방 에다 코스모스 씨앗을 많이 뿌렸다. 가을이 되면 코스모스 꽃 이 핀 곳을 찾아가 보며 행복해하던 아내가 생각나 실컷 볼 수 있게 해 주고 싶었다.

마음만 먹으면 쉽게 가볼 수 있는 곳에 산소가 있어서 얼마 나 다행인지 모른다. 아내는 떠나고 없지만 내가 할 수 있는 일이면 무엇이든지 하려고 굳게 마음을 먹었다. 생전에는 고 집만 부리고 작은 일에도 언성을 높이던 남편을 다 잊고 다시 는 후회하는 일이 없도록 아내 몫까지 최선을 다하려고 한다.

마지막 선물이 된 파크 골프채로 인하여 마음을 확 바꿀 수 있게 되어 크게 후회하고 있던 내 마음이 조금이나마 가벼워졌다. 검소하게 생활하면서 끝까지 가족들 모두를 꼼꼼하게 챙겨 준 아내가 내게는 최고였으며, 자식들에게는 세상에 둘도 없는 훌륭한 엄마였다.

당신을 떠나보내고 늦게 철이 든 남편이 하고 싶은 말은

"고맙고, 감사하고, 영원히 사랑합니다. 당신과 함께한 세월이 너무나 행복하였습니다." (2020)

내가 본 수필가 최달천

손숙희 | 수필가
황인동 | 시인

성찰과 수신修身의 흔적,
존재를 일깨우는 온정溫情의 아우라
수필집 『선물』 출간을 축하드리며

손 숙 희 (전, 대구수필가협회장)

최달천 선생님, 수필집 『선물』 출간을 축하드립니다.

선생님은 대구수필 창간호부터 40년 가까운 세월을 수필과 동행하셨고, 등단하신 지도 30년이 가까운데 한 권 분량으로 정리하셔서 출간하신다니 장고長考의 뜻을 알듯 합니다. 노트보다 출판이 더 편리한 이 시대에, 작품집 출간을 앞두고 저자著者의 책 출간에 대한 신중함과 겸허함이 고매한 인품으로 전해옵니다.

선생님은 1983년 대구수필문학회에 입회하셔서 창간호 발간 동인으로 지금까지 꾸준히 작품 활동을 하시면서 회장, 부회장, 사무국장 등 중요한 책무를 맡아 회의 발전과 회원 단합에 헌신하셨습니다. 뿐만 아니라 그동안 소속 문학단체의 동인지 발표작 외에도 각종 문예지와 일간지에 수필을 발표하였으며, 〈매일신문〉, 〈대구일보〉에는 바다낚시 칼럼을 장기간 연재하여 독자층을 넓혀 왔습니다.

선생님은 자연과 사람에 대한 사유思惟가 깊으며, 삶의 범주에 존재하는 모든 대상을 진지하게 교감하고 통찰하여 폭넓은 체험 세계를 수필에 녹여왔습니다. 인연 맺은 사람이나 자연 속의 생명체들을 향한 따뜻하고 순수한 시선은 인식 이전에 마음에서 우러나는 온정溫情의 아우라입니다. 풀꽃 하나 나무 한 그루도 그의 일상에서는 인격체로 대접받는 느낌이 들 만큼, 바라보는 눈길과 베푸는 손길이 정겹습니다.

천품이 소탈하고 솔직해서 사람과 글의 괴리가 없으며, 실수의 고백도 유머의 쾌재로 공감대를 이루어 여운을 남깁니다. 화려하지 않고 담백한 문장, 수사修辭보다는 주제가 선명한 글로써 개성을 지켜왔습니다.

수필은 생활 속의 발견이며, 성숙한 깨달음을 감동 있게 기록한 글입니다. 선생님은 자신을 감동시킨 작은 것 하나에도 의미를 부여하고 미학적 표현에 고심합니다. 화초에 물을 주듯이 정성껏 가꾸며 살아온 삶 속에서 그 감동의 주제를 수필로 형상화합니다. 자연과 어우러진 생활 속에서 자연의 아름다움과 사람의 향기를 수필에 담으며 독자적 수필세계를 확보합니다.

그동안 발표한 선생님의 작품에서 필자는 행복한 삶의 근원적 힘을 찾아 나선 순례자의 모습을 엿보게 됩니다. 부메랑의 자성적 예언을 은유한 행복론은 파울로 코엘류의 '연금술사', 마르쿠스의 '명상록', 아리스토텔레스의 '행복론' 등을 연상케 하며, 자아 성찰과 수신修身의 경지에서 삶의 중요한 명제에 해답을 전합니다. 이렇듯 본서本書는 생애를 통해 삶의 철학을 완성해간 흔적을 수필로 승화시킨 작품집입니다.

필자는 선생님과 문우의 자격으로 오랜 세월 대구수필에 동행하고 있으며, 그 이전에는 초임지 학교 근무를 함께했던 인연이 있습니다. 찬바람에 손끝 시린 이른 봄이었지요. 3월 2일, 첫 발령을 받고 출근을 하여 선생님을 처음 만났습니다. 우리는 교육대학을 갓 졸업하고 임지에 도착한 새내기 교사였습니다. 달성군의 면소재지에 있는 18학급 작은 규모의 학교였습니다. 교문을 들어서니 운동장 옆으로 오래된 소나무 군락에 지나가던 솔바람이 먼저 맞아주었습니다.

신규발령자임에도 불구하고 그날 우리는 같은 학년, 바로 옆 교실에 학급 배정을 받았습니다. 청춘의 남녀 교사가 벽을 사이에 두고 같은 복도를 오가며 한 달을 지냈습니다만, 빡빡한 신학기 업무에 골몰하여 사무적인 일밖에는 담소조차 나눌 틈이 없었습니다. 3월이 다 지나갈 무렵, 선생님은 군 입대로

송별 인사를 하였습니다. 하얀 봉투의 전별금을 손에 쥐고 떠나던 뒷모습을 보며 짧은 인연이라 생각했습니다. 당시는 학훈단이 생기기 전이라 남자 졸업생들은 근무지에서 잠시 근무하다가 입영통지를 받았습니다. 그렇게 헤어진 후 까마득히 잊었던 동료였는데 16년이란 세월을 건너 다시 만났습니다.

1983년 9월, 그해 창립한 대구수필에 함께 참석하게 되어 놀라지 않을 수 없었습니다. 글벗의 인연이라 믿었지요. 만날 사람은 언젠가는 다시 만나게 되어 있나 봅니다. 이후, 월례회마다 선생님을 만나고, 예전에 무심했던 첫 발령 동료의 무한한 가능성과 진취적 기상, 호연지기를 알아보았습니다. 목표를 향해 쉬지 않고 달려온 그 세월을 가늠할 수 있었습니다. 뜻이 있으면 이루지 못할 일이 있느냐고 호언장담하던 새내기의 배포에 큰 박수로 격려하던 교무실 분위기가 기억납니다. 약관에 인생의 큰 그림을 그리고, 푯대를 향해 평생을 정진하신 실천가의 굳센 길. 교육자로서 문학과 낚시와 골프를 향유하며, 자상한 가장으로, 이웃에게는 따뜻한 손길이 되어 풍요한 삶을 살아오신 궤적이 참으로 형형炯炯합니다.

선생님은 제대 후 초등학교 교사에서 학업을 계속하여 중등교사로 전직하셨고, 대구의 명문 고등학교 교사, 교감, 교장을 두루 역임하신 후 정년퇴임을 하셨습니다. 주경야독의 역경을 이겨내고 마침내 부부가 함께 교장으로 승진하여 찬사를 받으셨으며, 교단에서 부부가 함께 성공한 교원가족으로 정년퇴임까지 영예로운 삶의 주인공이 되셨습니다. 자녀들을 훌륭하게 키우셨고, 수많은 제자들은 걸출한 인물로 사회의 곳곳에서 스승의 가르침에 보은하고 있습니다.

다만 부부 백년해로의 소망을 이루지 못하고 부인을 먼저 떠나보내신 슬픔을 안게 되어서 안타까움에 함께 애도했습니다. 제20회 대구수필문학상을 수상하시던 날, 불편하신 몸으로 오셔서 장부丈夫의 수상을 기뻐하시던 부인의 모습이 지금도 눈에 선합니다.

〈멸치 까기〉와 〈갈치 꼬리와 머리만 먹는 아내〉라는 작품은 평생 가족 위해 헌신한 아내에게 바친 작가의 지순한 헌사였습니다. 필부필부匹夫匹婦의 행복을 만인에게 보여주신 작품이라 소중하게 품고 떠나셨으리라 믿습니다.

큰 교육자이자 수필가이신 최달천 선생님 인간승리의 길, 그 삶에 큰 박수를 보내며 앞날의 건승과 행복을 기원합니다.

손숙희
대구수필가협회 회장 역임, 대구수필문학회 회장 역임/ 한국수필가협회 이사/
한국문협, 대구문협, 국제펜대구지역위원회, 대구여성문협, 토벽 회원
황조근정훈장(대통령), 모범공무원(국무총리표창) 받음, 전직 교원

희귀식물 최달천

황 인 동 (시인, 전 청도 부군수)

　최달천 수필가는 나와 대학 동기이며 문학, 고스톱, 골프, 낚시 등 여러 면에서 같은 취미를 가졌기에 요즘 가장 자주 만나는 친구이자 앙숙이다. 그러나 누구 하나 넘어지면 기꺼이 손 잡아주는 절친이기도 하다.

　이미 고인이 되신 향토 작가 최석하 시인께서 나와 같이 대구시에서 동서기를 하다, 경북도청에 함께 전입한 친구인 엄지호 수필가를 두고 『희귀식물 엄지호』라는 시집을 낸 적이 있었다. 내가 보기에는 엄지호 못지않게 희귀식물인 최달천 친구가 칠순을 넘기고 여든을 바라보면서 첫 수필집을 낸다니 우선 마음을 담아 축하를 보낸다. 나에게 〈친구가 본 최달천〉에 대해 잘 써달라고 밥도 샀지만, 희귀식물 같은 친구를 두 명씩이나 둔 나로서는 애정 담긴 악담을 쓰기로 하고 허락

했다.

우선 이 친구를 보면 몇 가지 희귀한 현상이 있다. 음성이 유별나게 하이톤이라 곁에 앉아 있으면 매미 떼 수십 마리 울어대는 나무 밑에 앉아 있는 듯 귀가 아프다가 조금 더 지나면 두통이 생긴다. 또한 자기 의견에 대해 별 반응이 없으면 끝까지 물고 늘어진다. 그러나 그 톤의 높낮이가 이 친구의 그날 기분을 말해 주는 것임을 가까운 친구들은 다 아는 사실이다. 그리고 이 친구의 쇳소리 나는 음성을 들어보면 분명 백수는 더할 것이라 확신한다.

대구여고 교장 재직 시 같이 근무한 선생님들 얘기다. 아침 출근해 교장실에서 고함소리가 들려야 오늘 교장선생님 기분이 무척 좋은 날이라 여기고 결재 서류를 들고 가고, 교장실이 고요하면 무슨 일이 일어날 듯 불안하다 했단다. 이처럼 이 친구가 입 다물고 있으면 우리 친구들도 모두 불안해하고 눈치를 보게 된다.

그리고 학교 때는 몰랐는데 교사생활 중 수필가로 등단해서 문학 활동을 꾸준히 이어와 이렇게 수필집을 출간하게 된 것을 보면 요란한 성격과는 달리 가슴 한쪽 서정의 주머니를 달고 있음이 분명한 것 같다. 내가 안 가 보아서 잘은 모르겠지만 대구수필 모임에 가면 최달천 하이톤 때문에 늘 다투고

싸움하는 모임처럼 들릴 것이 분명하다.

그렇지만 보기와는 달리 돈독한 신앙생활을 하고 있는 것은 평가할 만하다. 십일조를 꼬박꼬박 헌금하고 주일을 철저히 지키는 집사님이다. 아멘입니다.

사석에서 농담을 자주 하되 은유적으로 하는 편이라 듣는 사람들이 한참을 곱씹어야 그 깊은 뜻을 알 만큼 엉뚱한 표현을 잘하는 친구이다.

한번은 대학 동기생들끼리 라운딩을 갔다가 점심 먹으면서 오랜만에 만난, 정말이지 예술적 경지에서 아직도 순수함으로 살고있는 도예가 친구에게 "너는 인생을 그렇게 살지 마라." 했는데 그 말을 들은 도예가 친구는 며칠 잠을 못 자고 밥도 못 먹고 고민을 하다 나에게 전화가 왔다.

"친구야, 자네가 보기에도 내가 그렇게 인생을 잘못 살았다고 생각하느냐?"

그래서 얼른 짐작을 하고

"자네 달천이 농담 듣고 고민했구나. 우린 늘 듣는 소리니까 신경쓰지 말고 오늘부터 잘 먹고 잘 자라."
했더니 지극히 안도하는 웃음을 지었다나……

이외에도 희귀한 일들이 많지만 여기쯤 하고 그의 삶의 궤적을 고찰해보면, 고령 출신인 친구는 대구공고를 거쳐 명문 대구교육대학을 나와 초등학교 교사를 하다 능력 있게도 중등학교 교사로 옮겨 마지막엔 대구여고 교장을 지냈다.

교육대학 한 해 후배 초등학교 교사인 아내를 만나 아들 딸잘 키워서 다복한 가정을 이루고 있었으며 특히 흔치 않는 부부 교장 출신으로 연금도 빵빵하고 해서 모두들 부러워했다. 몇 년 전 아내를 먼저 보내고 혼자 지내고 있지만 효성 지극한 아들딸을 둔 덕택에 여전히 옛날의 쇳소리 나는 고음톤을 유지하면서 씩씩하게 지내고 있어 그나마 안심이 된다.

아내의 유언 중에 "친구들에게 돈 쓰는 것을 아까워하지 말고 밥도 자주 사고 잘 지내기 바란다." 했기에 친구들이 가끔 농담 삼아 "달천아, 김정개 교장(최달천 부인)의 유언을 지켜야지." 하면, 돼지국밥 정도는 자주 사는 편이다.

"내가 죽을 때까지 친구들에게 밥을 몇 번 더 사겠노?"
하면서 아내의 유언을 지키려고 노력하는 맘을 가상하게 생각한다.

희귀식물만은 아니고 정말 귀한 친구 달천아!
어느덧 여기까지 왔구나.
그리고 여기쯤에서 흔적을 남길 자네의 일기장 같은 수필집을 상재하게 됨을 진심으로 축하하네.

254

이 자리에서 자네 집사람 생각이 나는 건 어쩔 수 없구나. 계셨다면 얼마나 자랑스러워했을까 생각하네.

자네 주변에 친구가 많음은 그만큼 자네가 베풀고 인덕이 있기 때문이기도 하지만 자네 집사람이 살아생전 남편 친구들에게 베풀어 놓은 후덕한 인심이라 여기며 이 자리를 빌어 다시 한 번 명복을 빌어 드린다.

희귀식물이라도 좋으니, 하이톤에 두통이 생겨도 좋으니, 자주 만나는 우리 친구들 그 우정 변치 말고 희귀식물답게 봄마다 싱싱하게 다시 돋아나 맛집여행, 골프, 천원짜리 고스톱, 바다낚시 등 계속 이어가자꾸나.

친구야!

앞으로 더욱 건강하고 문운도 창창하고 믿음도 돈독하고 지금처럼 아들 딸 관심 속에서 늘 행복하시게나.

그래도 뭔가 빈 것 같은 허전함이 있겠지. 그래서 친구니까 말인데 살다 옆구리 시리고 여친이 필요하면 내게 살짝 말해라, 알겠제……?

2022년 봄, 문화공간 '예강'에서